——凭什么说做好事心情好？

道德是方便的代名词。
意思相当于『左侧通行』。
道德带来的好处是时间和劳力的节省。
道德带来的伤害是良心的完全麻痹。
良心或许造就了道德。
可道德却从未造就出良心的『良』字。

——芥川龙之介《侏儒的话》

真相凶猛

新しい道徳

〔日〕北野武／著　　杨涵／译

百花洲文艺出版社

目　录

前　言　/ 001

第一章　道德就是任意吐槽　/ 003

第二章　兔子才不会把乌龟当对手呢　/ 071

第三章　原始人有道德心吗　/ 101

第四章　道德要靠自己制定　/ 135

第五章　人类已经道德沦陷了吗　/ 173

结　语　/ 207

前 言

首先，想要拜托大家。

如果您是那种听别人说的话，看别人写的东西喜欢囫囵吞枣、盲目相信的读者，麻烦您现在就合上这本书把它扔掉。或者您把它卖给随便哪儿的叫什么什么“川”的外国的书店，可能还会赚点小钱，这样绝对划算。

因为接下来的内容您读不了，就别往下看了。您会受不了的，最好是放弃。

如果您不听忠告万一遭受了巨大的精神创伤，我概不负责。所以丑话先说在前头。

接下来写的完全是我的个人想法。这些想法仅仅是想到了就写下来，完全没有要强加给谁的打算。有人觉得有道理，也一定会有人觉得是胡说八道。可能还会有人看了火大，这是读者的自由。

我倒是觉得火大还挺好。发火就会跟人吐槽，吐槽还不爽，就会上网到处去骂，写差评，那我太欢迎了。帮我的书做宣传，带动销量挺好的。

我倒也不是为了想故意激怒谁而写这本书。当然也不是为了获得谁的认同。其实就只是觉得“怎么那么奇怪啊”才想写的。

说的就是道德。

想着写了就出书吧，出版社编辑说如果版税不抽太高的话就出。正是因为有如此奇葩的编辑，才得以成书。

如果读者一边看一边爆笑说“这什么鬼话连篇的啊”，那对作者来说简直就是极致的幸福啦。

第一章

道德就是任意吐槽

翻翻道德教科书，
到处都是槽点。

一

要吐槽数学是相当困难的。老师在黑板上写“1+1=2”，除了点头同意还能怎样。根本就没有反驳的余地嘛。

数学是从毕达哥拉斯时代开始，像印加帝国的巨石文明一样，按照严谨的逻辑推理发展而来的。就算是那些老爱挑刺儿，成天和社会唱反调的职业艺术家想要吐点槽也难。

非要故意找碴儿，只会被当作是蠢货。就好像拿头撞墙，只会弄得自己头破血流。

长久以来，人们试图尝试用各种办法找出数学的漏洞，可至今仍然徒劳无功。就连个见缝插针的缝都没找到，在完全按照严密的逻辑组成的印加帝国巨石阵的面前，我们只能是自叹弗如。

数学太美了，比女人还美。

从这个意义上来讲，道德和数学正相反。因为槽点满满。只要翻翻中小学的道德教科书，想吐槽的地方实在太多。要是不信，自己找来看看就知道了。

其实正是因为槽点的存在，才有了讨论的空间。

1+1=2的数学情况就不一样了。虽然也能有异议，但异议也就局限于数字本身。

而针对道德教科书的内容，就完全可以引起像“这个地方这样写合理吗”这样的思考。

不过，道德教育的内容是文部科学省根据学习指导要领统一设定的。

打个比方，按照日本以前的价值观，妻子要扮演扶持丈夫的角色。夫妇一起走在街上，丈夫双手插兜大摇大摆地走在前面，妻子拎着大包小包跟在后面一点都不奇怪。要是电车里就只有一个空座，那一定是丈夫坐着，妻子站着，大家也不会觉得有什么大不了的。因为日本以前的价值观是男的比女的高贵，高贵的人站着是不行的。

说是以前，其实年代也并不久远。

现在怎么样呢？也还是会有那种男的，但应该不会被当作好榜样了吧。而且要是谁敢在网上发表像“女的应该走在男的后面”这种言论，那肯定会被骂翻。

道德这种东西真的是稍微过一段时间就轻易地改变了。把如此轻易就会改变的东西简单片面地断定为“这就是道德”就太不负责任了。毕竟连最基本的是谁在什么时候怎么样下的判断都还没弄明白。

世界正变得越来越拥挤，多地都在爆发战争和纷争。说到底其实还是价值观的冲突。一个国家要是树立了某一种价值观，就不允许其他不同的价值观的侵袭。所谓独裁国家也就是用独裁者一个人的价值观给全国洗脑。

然而最好的情况依然是多元价值观的并存。有多元的价值观，才会有多元的道德观。道德观是需要价值观的支撑的。

好了，问题来了，你说价值观最好是多元的，那要是有人想杀人吃人肉怎么办？

我觉得完全不是个问题。

价值观是内心的东西。只要放在心里，就不会妨碍到任何人。人类本来就是爱胡思乱想的生物，经常浮现出各种各样的想法是再自然不过的。

我以前也是，在想相声段子的时候，总是有些特别荒唐的奇思怪想。胡思乱想就像是一顿饭的原料。想要把脑中浮现出的东西碾碎是不可能的。把胡思乱想的内容讲出来，笑一笑，发泄发泄，不也挺好吗？文学不就一半都是这种胡思乱想的产物吗？电影不也是吗？

有人可能又担心如果都按照自己的想法实际去操作怎么办。正是为了应付这种情况才会有法律的存在嘛。以前的人都信仰各式各样的价值观，为了防止他们任意按照个人的意愿行事，所以人类创造了法律。法律是强制执行的，有了它就有了约束力。

人脑子里的想法是不应该被阻止的。在没有任何讨论的情况下，告诉小孩子“这就是道德”，就好像在教授他们数学真理一样，是不对的。这等同于是在向孩子们的脑子里灌输某一种价值观或思想。

只有一种价值观的僵化的社会是相当脆弱的。无论怎么伸展筋骨，如果筋骨是僵硬的，指不定哪天一不小心就折了。为了不被折断，需要经常活动筋骨，放松肌肉，说起来其实应该是我们做艺人的社会角色。虽然说真的很不喜欢用社会角色这么严重的词。

我的真实想法是，恰恰是因为槽点的存在，才需要吐槽。

明明一看就知道国王没穿衣服，可谁也不说，那就更要揭露国王是没穿衣服的。

这就是艺人的工作。

如果连这些都不去揭穿，吐槽就会变得越来越困难，可这就是如今的世道。

真是让人反胃。

要求人生才刚刚起步的孩子对自己专注有什么意义吗？

二

以小学一二年级的道德教科书为例。一开始的内容就很奇怪，写着什么“要对自己专注”。小学一年级的学生能对自己专注吗？好多大人都没办法专注。小学一年级的学生对自己很专注，然后说“我就是这样的人”，怎么都感觉哪里不对劲吧。孩童时代需要的不是对自己专注，而是无忧无虑地尽情玩耍啊。到处跑着追虫子、青蛙，玩棒球、摔跤的游戏，小孩子可以从中学到的东西太多了。

但实际情况是，小孩子白天在学校上课，放了学还得参加各种培训班。剥夺了他们如此宝贵的时间，最后居然还好意思说“要对自己专注”。

然后也有像“请写下你最开心的一件事”之类的内容，简直笑死我了。对小学一年级的学生来说，哪有什么最开心的事啊？

这种事肯定是上了一定年纪，回忆往昔，才会想到说“啊，那个时候才是我最快乐的时光”。而这最快乐的时光往往就是连一条虫子一只蜘蛛都觉得好稀奇，跑着追着可以玩一天的那些日子。

小孩的好奇心极其旺盛，对他们来说每一天都是崭新的一天，每一天都不知道又有什么奇妙的未知等待着他们，而这个时候却老是让他们回顾过去，究竟是在想些什么呢。

电影导演黑泽明被问到“您觉得您所有作品中最好的一部是哪一部”时，他回答说“下一部”。

忆往昔，然后沉浸在过去的荣光里，说白了这是老人心态。有这种心态和想法的人就是正在编写道德教科书的人。

如果孩子们写的最快乐的事是掀女同学的裙子，最好吃的东西是在放学路上偷的店家的零食，这一样是孩子的本真，是不是也应该被珍惜呢？

如果写将来最大的梦想就是可以在家里不被打扰地尽情打游戏，难道你认为老师会摸摸孩子的头说挺好？这么简单的道理连小孩子都明白，所以他们才净写一些安全的东西。什么“最开心的事情就是给老年人让座得到了感谢”之类的，blablabla……

这就如同是一边在说不准说谎，一边却在逼迫人家说谎一样。一边让人写出喜欢的食物，一边又说“不管好吃不好吃都要吃哦”。既然鼓励做真实的自己，那“一辈子都不要吃蔬菜”就不算是真实的自己了？其他像“只想学数学，其他的全都旷课”也都不算？

出人意料的是，现实社会中往往是这种人会成功。

可是学校里的老师却总是教导说不吃蔬菜不行，语文也必须好好学，等等。把小孩一个个都塑造成普通无趣的人。

说要对自己专注还不是一样。把小孩子完全当成犯人对待。对犯了罪的人说要对自己专注还能理解。而要求像白纸一样，人生才刚刚起步的小孩对自己专注，这样想的究竟是些什么人啊。

我只想告诉这些人，必须对自己专注是你们的方式！在小孩面前说教道德之前，你们这些人最好摸着胸口问问自己有没有资格跟小孩讲什么道德。

完全就像药品说明书一样
写着『做好事，心情好』。

三

总觉得道德口号特别浅薄。

有多浅薄？就像贴在洗手间墙上的“让我们保持洗手间干净卫生吧”的宣传标语那么浅薄。

我当然认为保持洗手间干净卫生很重要。看到洗手间很脏，不打扫干净我是不进去的。在居酒屋上洗手间的时候，发现前面的人忘了冲厕所，我都会随手去做个清洁。我老早以前就养成了这样的习惯。

不是说在洗手间贴张条说“让我们保持洗手间干净卫生吧”，强迫人看了之后，别人就会心悦诚服地接受。

根本就搞错了。这和“不能杀人”“不能偷盗”“不能强奸”没什么两样。“人不能说谎，人要活得正直”云云，这些都是道德的标准用语。

表面上看起来很对，实际上却相当矛盾。

道德教科书里有这样一幅插图。电车座椅上坐着一个满脸嫌恶表情的小孩，旁边的大人在装睡。因为有一位老年人站在他正前面，看样子大人和小孩都不愿意给老人让座。

然后针对这幅插图提出一个问题。“大家想一想，这个时候怎么做比较好呢？”

虽然通过思考，大家都会给出答案，但事实上正确答案在一开始就被设定好了。

如果答案是“不让座，和旁边的大人一样装睡”，老师会打钩吗？正确答案绝对是给老人让座吧。

这不就是说谎吗？正是因为不想让座，才会是一副嫌恶的表情啊。诚实面对这样的感受不可以吗？真实的情况是明明想坐，但假装很情愿地让座。这不就是等同于教小孩撒谎吗？所以书上才会写做好事心情好。

或许有心情好的时候，但对小孩来说，也有很辛苦，就是不想让座的时候吧。肯定有每天上培训班上到很晚，累得筋疲力尽的小孩啊。即使这样，还要笑眯眯地给那些精神饱满地去爬了高尾山[1]回来的老年人让座吗？

这样子心情真的好不起来。

我小时候被教育给老年人让座是理所当然的事情。坐座位会被认为太骄纵，挨一顿揍。优先席在那个时候完全没有必要。电车里的座位都是优先席。前面有老者过来了，小孩不容分说一概站起来。不需要任何理由。

而听说如今的道德是给老年人让座心情会变好。让座好像是获得心情变好的一种等价交换。如此说来，如果让座心情不好，是不是就成了可以不让座的借口了呢？

给老年人让座是一个人的礼貌问题，或者也可以说是审美问题。故意给礼节找一个借口，说让座心情好简直就是成年人的欺骗。

首先，一旁的大叔装睡就是不对的。大人必须率先站起来让座，教给小孩这是礼貌。然后小孩学着让座，被辛苦站着的老人

---

1 东京附近的著名旅游景点。

感谢，可能由此感受到了一种说不出的美好心情。这才是正确的次序。

但感受到美好心情不应该写进教科书里强加给小孩。就如同魔术一旦公开了背后的秘密，也就没意思了一样。亲切待人，自己的心情也会变得很好，正是需要个人自己去发现，这件事才具有最初的那个意义。把这样的事情描述得跟药品说明书一样，“做好事，心情好”，这就是道德教科书干的事情，这种做法极其浅薄，完全就是山寨的洗脑。

可能也有被成功洗脑的小孩，但这样的小孩注定不能变成一个合格的成年人。

过分顺从其实挺可悲的。

就好像被哪儿的新兴宗教洗了脑，不明所以地就开始沿街叫卖起他们的佛像一样。

为什么一定要尊重老人？
最重要的事没讲。

四

在道德教科书里，老人和垃圾胡乱就登场了。

给老人让座，帮老人提重物，给老人带路，随手捡垃圾，分类扔垃圾，提醒乱扔垃圾的人……看来看去都是老人和垃圾。

虽然也没有到每日行善的地步，但是碰到老人和垃圾该做好事的时候就来了，这都成基本款了。不禁让人怀疑除了帮助老人和捡垃圾就没有其他好事可做了吗？

老人和垃圾是一类东西吗？如此下去，越来越多的小孩会认为老人就是社会的累赘，这不足为奇。

教科书里的老人看起来只是一个被同情怜悯的对象。感觉就像是不被小学生同情怜悯的话就无法生活的一个存在，完全的社会弱者的形象。

首先，为什么一定要尊重老人？这最重要的事都没说。

老年人并不是从以前开始就一直都是老人。正是因为有他们几十年的辛苦工作，给国家纳税，才有现在的日本。我们现在可以坐电车，可以用智能手机玩游戏，都是因为这些老年人为我们辛劳工作的结果。

这些最基本的事实都不讲，说白了估计是现在的大人都忘了。社会上不是有好多大人都在说像“改革无法推进都怪老年人”这样的一些蠢话吗？索取的时候理所当然，却很少怀抱感激的心情才会说出这种话吧。

这样的大人教育小孩说“要尊重老人”一定没有效果。因为自己就不尊重。不停地重复这种自己都不相信的表里不一的话，总有一天会造成特别严重的后果。

虽然不能一概而论，但老人也有各式各样的老人。教科书里的前提和基调是老人都是善良的人。但大家知道日本的监狱里在押老人的人数吗？有人说不久的将来，监狱就会变成养老院了。其中有小偷、杀人犯、幼女诱骗犯。小孩看见提着重物的老年人，上前帮忙提，却被骗到家里该怎么办？这些老师上课的时候都教给过学生吗？

身体健康的老爷爷

五

身体很健康的老爷爷来小学玩。

“啊，老爷爷来啦！一定得让座。”优等生芽以说。

“老爷爷，请您坐我的位子。”小翔也说话了。

“老爷爷，也坐坐我的位子吧。”接着爱理、紫音、优舞和飒麻都这么说。

“还有我的！”“我的也要！”……

最终健康的老爷爷不得不把全班每位同学的座位都坐了一遍。

老爷爷说：“坐多了腰疼啊。”

“那躺到我的课桌上吧。”芽以马上说。

听到这个，全班同学都举起手来“我的课桌！”“来我的！”……

坐得有点腰疼的老爷爷现在不得不在全班同学的课桌上躺一遍。

老爷爷又说了：“躺多了背疼啊。”

“我准备了被子，躺在被子上吧。我来照顾您。”芽以说。

听到这个，全班同学又都举起手来“我来照顾！”“我来！”“我也要！”……

腰和背都很痛的老爷爷躺到了柔软的被子上，接受了全班同学的照顾。

“太幸福啦，太幸福啦。”老爷爷连连说道。

不到一个星期，从前那个健康的老人变成了一个卧病在床的老人。最后再也没有起来过。

为什么猴子、熊这些动物会随意出现在道德教科书里？

六

动物在道德教科书里随意地出现。小猴子会打招呼说“早上好”。

我当然明白小孩子都喜欢动物的绘画或玩偶，却不能让他们去跟蛐蛐和狐狸谈论道德。

道德是人类所独有的。

日本最早把动物拟人化的是鸟兽戏画，它是一种假借动物来描绘成年人的滑稽的绘画作品。伊索寓言也是一样，其意义是通过尔虞我诈的故事来表达对人世间的讽刺。

我并不是说面向小孩的童话故事里都不要出现动物。跟小孩讲童话，让他们多听童话故事当然很好。但是将上述的那种方式用来对小孩进行道德教育就错了。

不应该把有关善恶的内容偷塞进去，追求某种所谓的教育成果。而且基本上也很无趣。

“小猴子都会打招呼，小朋友们也要好好打招呼哦。”学校老师都是这么教的吧。

熊和猴子才不打招呼呢。动物和人类的道德没半毛钱关系。狗可以在马路上大便。既然要模仿动物，那你就不能斥责小孩子在马路上大便。一只脚抬起来靠在电线杆上尿尿你也只能笑笑，不能说什么。

教给小孩子“动物那样做可以，人类可不能那样做哦”，这才是道德吧。小孩肯定会问：“为什么小狗可以，人类不行呢？”

我认为真正的道德教育正是要从这里开始。为什么对人类来说道德是必要的？为什么人类必须遵守道德？无论如何，想要推行道德教育的话，那么首先必须让小孩去思考这些问题。

等一下，究竟老师给不给得出一个合理的答案啊。为什么对人类来说道德是必要的。能给出让小孩觉得原来如此，完全让他们信服的说明的老师，在全日本到底能有几个啊。难不成就是因为不知道才编造动物的内容出来想敷衍过去？

道德教科书里出现的动物都是住在像可爱的森林、花田一样的地方。实际上动物都在动物园、农场和养鸡场里。鸡被塞进狭小的笼子，被强迫不停地下蛋，下的蛋都被人类吃掉。奶牛和刚出生的牛宝宝被强制拆散，每天都被挤奶，一旦不再产奶就会被屠宰，当然还是被人类吃掉。

动物园里的熊和猴子一辈子也无法跨出围栏一步。万一随便跑出去了，命运就是被射杀。

“动物很可怜”，如此真实记录事实的道德教科书有吗?

觉得笼子里的猫猫狗狗好可怜，
偷溜进宠物店把它们全放了，
这算是好事吗？

七

“你在什么时候会感到自己活着？”

这也是小学一二年级的道德教科书上提出的问题。列举的一些例子也很惊人。“心脏扑通扑通跳的时候”“心情好的时候”“开心学习的时候”“手暖和的时候”“吃好吃东西的时候”“运动的时候”……

小学生平常会摸着自己的胸口想着“啊，我现在活着啊”？更不要说在学习和上课的时候会清晰地意识到这个？

就算是成年人也不会一边工作、吃饭，一边感受到自己活着吧。还是说学校的老师会一边上着数学或是语文课，一边想着“啊，我正活着啊”？

要感受到这个，要么是长时间生病住院终于出院了，或是在海里游泳溺水了，总之只能是在意识到死亡的时候才会发生的吧。

参加别人葬礼的时候感到“我还活着”的情况恐怕也不少见。但是要是被问到什么时候感到自己活着，回答是在出席别人葬礼的时候的话，肯定得被老师教训了。

遭遇车祸，在医院睁开眼的一刹那，谁都会意识到自己还活着。在沙漠中迷路，好不容易发现一口泉水，喝着这救命的泉水的时候，无论是谁都会感到自己还活着。

由于有了和死亡的对照，生平才会第一次产生活着的感觉。

对死的概念还懵懵懂懂的小孩，问他们什么时候感到自己活着，这不是胡来吗？而且连“开心学习的时候”“吃好吃东西的时候”这样的例子都给举好了，简直就是强迫人要有活着的感觉。

真是想不通这样做的目的是什么。强迫人感觉到活着究竟有什么意义。

编撰道德教科书的人可能会说，教小孩去感觉活着，是为了想让他们养成一颗珍惜动物的心。

紧接着“什么时候你会感觉到自己活着”这章之后确实就有一个叫作“珍惜动物”的章节。

同样也有提问。这回的问题是：“你是以一种什么样的心情养育动物的呢？”

其实答案也是早早被设定好了的。

谁也不想听到“我们家经营养殖场，所以养动物就是为了挣钱”这种回答。到头来也还是在逼迫孩子们要善待动物。

如果道德教育变成是逼迫小孩子感受这个，思考那个，你们不觉得相当危险吗？

一直都喜欢把蜻蜓的翅膀拔掉觉得好玩的小孩，有一天感到很后悔，觉得笼子里的猫猫狗狗好可怜，偷偷溜进宠物店把它们全部放了，学校的老师会表扬说“干了一件好事”吗？

“要懂得生命的重要”“要学会善待动物”，这样说并没有什么不好，出发点都是想让小孩学好。

不过，总是被逼问什么时候感觉自己是活着的，纵使心里想的是从来没感觉到过，但有的优等生就会流利地回答出“特别愉快地早起的时候”“吃喜欢的咖喱饭的时候”，这样如同是在变相鼓励小孩子变得越来越会算计。

『我们都活着』

八

我们都活着。

因为活着所以我们要吃。

因为活着所以我们要大便。

鸡和牛也都活着。

它们是我们的食物。

发达国家和发展中国家双方的损益是一个全球性的命题

九

宗教用语里有现世利益这个说法。好像是说存在一个能够护佑商贸兴盛和家人安康的神。

家人安康也就罢了，宗教不应该保佑商业兴旺。因为某一方的买卖兴旺，就意味着另一方必定会有亏损。所谓买卖并不会创造出任何东西。原本100块的东西以120块的价格卖出，那就能赚20块。可这多出来的20块是谁掏的呢？也就是说要是谁挣了20块，有人也就相应地损失了20块。

假设全日本的人都去参拜这个神，那会出现什么状况？商贸兴盛的愿望必将幻灭。因为所有人都赚钱这种事情想想就不可能。

赚钱这件事说白了就是某一部分人捞了油水。所谓商业兴盛其实就是制造出贫富不均，制造出富人和穷人而已。全民都是有钱人的国家到哪儿也找不到。如果真的有，那也应该是把别的哪个国家的人变成了穷人。钱又不能白白生出来。

当然社会就是这么运转的，我也并不是要否定商业。我只是认为以救赎为宗旨的宗教不应该把商业兴盛作为宣传口号。

道德教科书可以说也是同样。

告诉小孩要活得正直，要和全世界的人和平相处又有什么意义呢？小孩不是总有一天会进入到这些话完全都行不通的社会吗?

听进去了要活得正直，要和所有人和平相处，钻牛角尖的就会排斥商业和经济活动。

想要孩子们实现世界大同的话倒也另当别论，若并非如此，把这当成金科玉律说是教给孩子正直那还是算了吧。

发达国家和发展中国家之间的损益其实是一个世界性命题。

必须告诉小孩子，像日本这样的国家可以过得很富足，是完全托好多贫穷国家的福。正是有人工费不到日本N分之一的国家存在，日本的经济才得以维持。我们享受着富裕的生活，是多亏了别的贫穷国家。为了帮助那些穷国也变得富裕一些，日本必须在一定程度上牺牲掉自己一部分富裕。

学校的老师会告诉小孩这些吗？可能也有，只不过这样的老师至少在我们的国家恐怕很难出人头地。

在这种状况下，教育孩子道德这件事本身就是彻底的伪善。满嘴谎话的人居然想教小孩子不准撒谎。

为什么给走路读书的二宫金次郎竖铜像，而走路玩手机的高中女生就成了全民公敌？

十

道德教科书里有很多关于伟人的故事，我真心从来没由衷地感到钦佩过。二宫金次郎一边背着柴火走路一边读书，因此伟大。

可是一边走路一边发信息怎么就会被教训呢？明明撞上了人两种情况都很危险，为什么给走路读书的二宫金次郎竖铜像，而走路玩手机的高中女生就成了全民公敌呢？

道德教科书里发生的伟人的故事没有让人觉得印象深刻的。

是不是我太矫情了啊，但就是很空洞嘛。

二宫金次郎究竟是什么样的一个人，道德教科书里完全没有描述。只写了他以前很穷困，为了做学问种油菜花来换取菜籽油这样的小故事，但一点也不令人感动。

是不是编写道德教科书的人自己根本就对二宫金次郎不感兴趣啊。这样说可能有点恶毒，但字里行间确实看不到热忱，也感受不到真的想把二宫金次郎的事迹传授给小孩的那种热切的心情。

本来就是道德教科书，文章的数量也有限，确实存在各种各样的制约。要说没办法也是没办法，但确实什么都没有传递出来。

说到底，这种事必须是通过人与人之间来传达。要向人传达，让人理解，所需要的不是花言巧语，或是好吃的糖果，而是传达者的诚意。

就算是描述自己喜欢的一本小说描述得并不精彩，但只要发自内心地说一句“这本书真的真的特别有意思”，我可能也想找来读读看。

道德课之所以无趣，达不到什么效果，归根结底是不是教授的大人压根就对二宫金次郎不感兴趣呢?

我并没有评判二宫金次郎本人好坏的意思。金次郎的故事是整个道德教育中的一个缩影。我只是认为道德是谁以什么态度去做，这个比较重要。

小的时候，我母亲跟我说过很多道理。比如说，排队吃饭很卑贱，理由是什么也没多说。就因为母亲的一句话，我变成了一个从来不排队的大人。

所以到现在，当我听到某家拉面店生意特别火爆，不排两个小时就吃不上的时候，嘴巴上会说“神经病啊”，其实内心想的是，那么多人排队都想吃，评价那么好，那肯定是好吃吧，要不然我也去吃吃看。

即使这么想最后还是没去。要是拜托一下谁，可能会让我不排队就可以吃到，但总觉得这样很丢脸，所以也没做。

我也不知道这算是好事还是坏事，但母亲的“排队吃饭很卑贱”这样一种道德观深深地铭刻进了我的心里。

要说原因，一定是因为母亲打心底瞧不起这样的事。也真心地不希望自己的孩子成为那样的人。正是由于是发自肺腑地那样说的，“不准排队”才深深铭刻进小时候的我的心里。如果母亲说的是她自己都不相信的话，我应该过不了太久就会变成排队吃饭的人。

大人只要说的是自己都不相信的话，孩子肯定是听不进去的。

我觉得道德也是这个道理。它可不像别的学科，随便编一编就能教会。如果不是发自内心，道德教育的时间无论是对老师还是对学生都是极其无聊的，到头来也都是通通白费。

由职业木匠和职业漆匠打造的书立堪称完美。

十一

上小学的时候，父亲和附近的木工给我做过一个书立，算是帮我完成暑假作业。

之前的那个暑假，我把捉到的苍蝇、牛虻什么的贴在吃完的蛋糕盒子里当作昆虫采集作业交给老师，结果被老师狠狠教训说不准交这么恶心的作业。

所以没办法，父亲就和那个木匠帮我做了一个书立。我反正就想敷衍交上去，也就没管。

不愧是专业木工，做工特别精细，专业漆匠的父亲又仔细地上了漆，结果出来的成品简直太完美了。

“这个东西绝对不是你做的！”所以我又被老师教训了一

顿。其实随便乱做一个倒不会被老师识破。

那个时候的家长还是要比现在尊敬老师多了。确实是有一种就算是小学的暑假作业也不能够随随便便糊弄过去的想法。

以前的父母真的是特别尊敬老师。对没念过什么书的大人来说，大学毕业的老师是值得尊敬的。自己家的孩子在学校被老师教训了，父母反而会到学校去跟老师道歉。基本上父母都会觉得是自己的小孩犯了什么错。大学毕业的老师怎么可能犯错。父母送孩子到学校的时候都会习惯性地说“要听老师的话哦”。

所以以前的老师教育学生肯定是比较轻松的。

也不能说现在的时代已经完全改变了，但至少作为老师这一方，我觉得还保留着原来的那种态度。站在老师的角度来看，老师不会犯错是多亏了教科书。教科书又不会出错。没有人会有疑问吧。是最近教科书的问题引起那么大争议，大家才开始不下断言了。

可能是我多嘴，我觉得在教小孩的时候，最好是提前真心诚意地再读一遍教科书，思考一下里面写的东西是不是真的是正确的。假如教师的工作就是照本宣科地把教科书的内容传达给孩子，那估计不久的将来教师这个职业就会消失。因为这个电脑和机器人就做得到。

说社会变了，但也并不是所有的家长都不尊敬老师了。现在肯定也有那种像我父亲一样特别尊敬老师的家长。我虽然对道德教科书发了很多牢骚，但终究教授道德的是老师。只要老师们每一个人都用自己的脑子好好思考，真心诚意地教育孩子，我相信就算是槽点满满的教科书也还是会起到一些作用的。

道德反倒是给不道德的人帮助更大。想假扮好人，参考道德教科书就可以。

十二

有句话叫作诚实的人容易上当。真正有效利用道德的人其实是那些不道德的人。

“我我”诈骗[1]就是一个例子。最近有各式各样的骗人招数，但主流还是这个。以老人对儿孙的爱作为诱饵，利用人们的善良实施诈骗。

因此，老到的诈骗犯都善于把自己伪装得很有道德。要让别

1 日本电话诈骗的一种形式。骗子冒充家人给子女在外的独居老人打电话，谎称自己出事了，急需钱来摆脱困境，由此老人们经常惊慌失措地将钱寄过去。由于犯罪分子经常在电话的开头急促地说“是我是我”，故得此名。

人觉得自己是好人是很简单的。和人迎面而过，无论是谁，都跟对方热情地打招呼“早上好，今天天气真不错啊”。只要在电车里看见老年人、孕妇和残疾人都笑盈盈地给他们让座。有人拿不了重的东西去帮忙提，有人要过马路伸手去牵引他。碰到车站前面的募款活动，就得意扬扬地去捐钱，让人在胸前别上红色羽毛的丝带。有人乱丢垃圾去捡起来，有人随地吐痰去指责他……

只要准确地按照道德教科书上写的遵守就可以。

从这个意义上来讲，道德反倒是给不道德的人提供了帮助。表面上要假装好人，只要照着道德教科书上写的做就是。

孔子早就说过“巧言令色，鲜矣仁”，说的就是这种人。一开始就没有良心的人，即便是教给他道德，也起不了作用。

教授道德和培育良心是两回事。

如果教育小孩不能打架，
那么无论有什么理由，
大人也不能打仗。

十三

道德是几何相似形。

几何相似形是数学家芒德勃罗创造的几何学概念。简单来讲就是全体和部分是以与自身相似的结构组建起来的。

远远地看一棵树叶都落光的树，树干上往外长出若干大的枝干，走进了观察某一根大的枝干，这根大的枝干上也同样生长出若干小的枝干，在那些小的枝干上又生长出更多更细的枝丫……像这样，部分和整体以同样形式组合起来的图形，就被称作几何相似形。

而我认为道德也是这样的构造。

世界上有人，有家庭，有地区，有街道，有城市，有省，有国家，然后也有国际社会。构成的单位无论是人、家庭、自治区还是国家，都是以某种相似性构建起来的。

既然形态是相似的，按道理来讲，道德也同理，不管在国家还是城市也应该同样适用。国家与国家间的大的道德，和小学教室里的小的道德就必须一致。

最简单的道理，小朋友和小朋友要友好相处的话，国家和国家也一定要和平相处。如要教育小孩“不准欺负人”的话，国家也就不能欺负别的国家。更不要说拿着武器欺负人。

不过，现实世界不是如此。

学生要是问：“同桌带了刀，我也带刀到学校来防身可以吗？”有回答“可以”的老师吗？绝对不可能有。

既然如此，别国扩张军备，我国也跟着加强军备的政策道德上就站不住脚。既然教育小孩无论什么理由都不能打架的话，那么无论什么理由都不能发动战争。

这就是几何相似形。

但是不知道什么原因大人们对这个装作不知道。据说孩子的道德和国家的道德是不一样的。还说什么战争是必要的恶，为了自卫，必须保持不能放弃战争的清醒什么的。

也许真的有道理。

只不过，认为战争是必要的恶的大人却教育小孩不准打架，这在道理上是讲不通的。

因为道德是几何相似形。这就跟小偷父母告诉自己的小孩不要偷东西是一个道理。

不停地讲什么道德，首先自己必须遵守道德。做不到这个，就不要瞎说。

想当画家？
脑子进水了吧！
画画能当饭吃吗！

十四

现在的社会总是随随便便就鼓励小孩子要有梦想啦，要活出自我啦什么的。道德方面的教育好像也是如此，说什么只要朝着梦想努力，就能收获生活的幸福。

以前穷苦时代从来不这么说。因为“清贫”正是那个时代的道德观。在最近出的有关道德的教材里，你已经找不到类似的词了。清贫却美好的生活好像已经不流行了。诸如像节俭、节制之类的词也不见了。

因为时代改变了，道德自然也会随之改变。

想一想人类自身身处的立场，与其说他们是想实现梦想，倒不如说他们是对清贫生活缺乏了解。

人们不停地消耗能源，地球平均气温不断上升，最近异常气候都变成正常现象了。5月份就开始刮台风，气温超过30摄氏度这种事，现在已经没人觉得奇怪了。

东日本大地震[1]的时候，都说不省电的话，夏天都过不去，东京的晚上才一下子变暗了。大家都觉得自动贩卖机特别浪费电。我还在想真像是回到了以前的夜晚啊，这不很好吗？结果没过多久，还不是又像原来一样晚上亮得跟什么一样。哪还有人再关心省电啊。

无可争辩的事实是，地球上出现的绝大多数问题都是由于人类过度消耗资源，以及浪费粮食造成的。所有国家如果都像美国那样消费能源，没准地球就毁了。人类的文明也会随之消失。

现代人如果再不马上改变自己的生活方式真的就快完蛋了，但我们好像一点都不在乎。

虽然我也并不认为省电或是节约就可以解决问题，但至少是我们跨出解决问题的第一步。

这种情况明明谁都看得出来，却没有人认真对待。究其原

---

1 日本3 · 11大地震。

因，无非是因为省电、节约最终会对经济产生负面影响。可以想象，如果清贫而美好的生活受到鼓励，大家就都不买东西了，那么消费低迷，经济增长率下降，整个世界就会陷入萧条。

人活着是为了追求幸福。经济高速增长期的那种拼命消费，让经济增长，然后所有人都变得很有钱的幸福论曾经一度因为泡沫经济等危机受到否定，如今又焕发出勃勃生机。

教导小孩子要怀抱远大梦想的教育便是在这样的背景之下产生的。大体上实现那些梦想的榜样是像乔布斯或迈克尔·杰克逊这样的名人，当然铃木一郎[1]、本田圭佑[2]也不错。

总之，普通家长对子女灌输的梦想的核心内容就是：成功了就可以变成有钱人，就可以买好车、好房、私人飞机，反正就可以买一切自己喜欢的东西。虽然这样说太露骨，但事实确实如此。

当初石川辽[3]成名的时候，让小孩学高尔夫球的家长突然变多。现在估计又会出现一堆让小孩以锦织圭[4]为目标练网球的父

---

1 日本著名棒球选手。
2 日本著名足球运动员。
3 日本著名高尔夫球选手。
4 日本著名网球选手。

母。

怀抱梦想，才能积极生活。相信梦想能实现，才会拼命学习，全身心投入训练。

梦想只是放在孩子们面前引诱他们的诱饵。

只不过，世上哪有只要怀抱梦想，就可以变成体育选手，只要怀抱梦想，就可以变成有钱人的好事啊？

最近谐星界也是，不知道是鬼打墙还是怎么着，进来好多抱着这种成功学想法的家伙。

我刚开始在浅草的法国座[1]表演的时候，我母亲还跟邻居谎称我在留学。

现在不会再有这样说的家长了。因为现在当艺人，能上电视逗观众笑早就成了值得夸耀的事了。当然也是因为所有人都觉得做艺人可以挣大钱。可事实上真正能挣钱的艺人明明就少得可怜。

“实现了梦想，就能享受聚光灯”这种类似彩票宣传语的

---

1 东京浅草的表演场馆。

话，也被学校老师拿来当作向学生们煽动的口号。世界还充裕得很，这样的说法很有必要。反正就算孩子们朝着梦想努力结果失败了，打打零工也不至于饿死，当初教唆他们追逐梦想的人到头来也不必承担责任。

真正体验过“吃不起饭”这件事的那个时代基本都不在了。要知道从前从没这么幼稚过。父母总是担心子女如果没有找到一份可靠的工作，会不会走投无路。实际上确实也有这样的情况发生。

那个年代谁都不说怀抱梦想不梦想的。倒是如果张口就瞎说什么梦想，反而会被父母责骂。“想当医生？瞎说什么呢。你那么笨，家里又没钱，你觉得当得了吗？”“想当画家？脑子进水了吧！画画能当饭吃吗！”一边被这样斥责，一边还被拍脑袋瓜子，无果而终。

父母的道理是，不要好高骛远地追逐梦想，先脚踏实地走好眼前的路。虽说有些粗暴，但这恰恰又是平民的智慧。换到现在，这样的父母保准成了断送孩子前途的坏家长了。

假如一个小孩真的具备想要做画家或医生的意志和潜能，就算是像那样不断敲打提醒着他，他也会成为画家或医生的吧。

所以并不是要否定真正为自己喜欢的事情努力的孩子。只要是自己想做的事情，最后不管成功还是失败，尽情地去做就好。而正是这样的人，就算你不告诉他怀抱梦想，其实他也会坚持完成要做的事情。

追逐梦想乍听起来很动听，但事实上是为了那个“光辉的未来”而牺牲掉了当下。说到底，那个所有人都称羡的“光辉的未来”其实永远都不会出现。人真正能利用的只有当下的时间。有人会说用掉了当下，那10年或20年后的未来要怎么办。要以前的话就会说这样的人不接地气。而告诉别人与其空谈梦想，不如重视当下的人才是明智的。

把本来正值玩耍年龄的小孩送去培训班，然后参加各种考试，终于考上大学，家长却可能突然变得不知如何是好了。

梦想无论实现不实现，人从平安出生，在世上生存，然后安然死去，这已经算是人生的成功了。我打心底这么想。

再怎么名贵的红酒，口渴的时候也抵不过一杯凉水。又有什么能比母亲亲手为自己做的饭团还好吃呢？

奢侈和幸福完全是两回事。即便是俭朴的生活，人生所有重要的欢喜也同样可以品尝。人生不就是如此吗？

这道理谁不懂呢。

可是人们却从不教导如此重要的道理，只是一味地鼓吹追逐梦想，并不断地恐吓：拼命学习，锻炼，创业，变成名人，要不然会很惨。而且若非如此，经济增长也会停滞，大家都会陷入大麻烦。

不过话说回来，那些陷入大麻烦的究竟是什么人啊？反正肯定不是那些过着清贫而美好的生活的人。

假如有神的存在，
对道德的解释就没有必要了。
『神是这样说的』在日本行不通。

十五

道德不是法律。

法律是具有强制力的，如果不遵守，就有可能被罚款，逮捕，坐牢，判死刑，遭受各式各样的惩罚。所以人们都不容分说地遵守。

道德不具有这样的强制力。

既然如此，人为什么还会遵守道德呢？这是一个蛮难回答的问题。因为人遵守道德的原因可能不止一个。

比如说，眼前有一个小孩掉进河里。一般情况要是自己的小孩，一定想都不想就跳下去救了。这个行为是为了要遵守道德吗？恐怕不是。这件事和道德没有任何关系。“自己的小孩落水了，一定要跳进去救哦”，这不用写进道德教科书。

假设落水的是不认识的小孩呢？肯定会产生想去救的冲动，然后基本上还是会由着这股冲动采取实际行动。那这是道德吗？这个问题依然难以回答。

应该有不少人那一刻想的是这一定是谁家的小孩，必须救。对这些人来说，这和是自己的小孩的情况一样，是和道德无关的行为。与其说是遵守道德，不如说只是一种本能反应。

虽说如此，肯定也不是所有的大人都会跳进河里救人的。有的人会说自己不会游泳，有的觉得水太冷，有的不想衣服被打湿，有的觉得小孩不太可爱，总之有各种的理由对救人犹豫不决。

而此时如果对岸有人看着这边发生的事情又会如何呢？那人恰好还是世界小姐之类的什么人的话。肯定跳下去的人又会增加不少，估计年轻男性会一马当先。那么这算是道德吗？好像和道德接近了。至少不是本能反应。不对，从另外一个意义上讲，也可以说是被本能所唤起的吧。

基本上，人类在意世人的眼光才会养成道德。

干净的街道上扔垃圾的人少就是因为大家都在意旁人的眼光。一定也有人说这不是道德。只有跟随自己的良心做出的行为才是道德，除此之外，都是假道德。

不过，要区别二者真的很困难。

有“旅途出丑不必顾及”这样一个说法。反过来也就是说，在自己居住的地方举止规范。人们在认识自己的人面前会遵守道德。哪怕是看见眼前站着老年人装睡的年轻的上班族，如果那个老人是自己公司老总，肯定也会立马站起来让座。

人为什么会遵守道德。是因为遵从良心，还是在意世人的眼光呢？自己做了可能比较明白，所以很难片面地下断言。通常是不是一方面感到良心的不安，一方面也在乎旁人的眼光呢？在一个人都没有的街角也不乱扔垃圾，不就是因为心里担心会不会被谁看见吗？当然，有的人也不是因为在意别人，只是不喜欢弄脏街道而已。

有人说日本人道德心不足是因为日本人不信仰宗教。的确，信仰神的人遵守道德的比例比较高。因为就算谁都不在，神也在盯着你。以前经常说“人在做，天在看”。老听老听，就是在没人的地方也不太敢做坏事。在有人爱就地小便的地方画上鸟居[1]的

---

1 一种常设于通往神社的大道上或神社周围的木栅栏处的日式建筑，代表神域的入口。

符号，随地小便的人也减少了，这都是一个道理。

这也算是某种“眼光”，在意这种“眼光”，其实本质上和遵从自己的良心是一回事。和干了父母叫你不要干的事情的时候所感受到的那种内心的不安，是同一种东西。

心理学中好像把这叫作“超我”。说得复杂点就是“内化了的父母的价值观”。不过，不仅仅是父母的价值观，随着人的成长，尊敬的人或老师，喜欢的偶像，或者读过的书里觉得有价值的内容都可以成为内化的价值观，从而塑造出对人产生深深影响的人格。

宗教是其中之最。对信仰宗教的人而言，神作为一种强大的超我的存在来左右人的行为。

因而有人说在没有宗教信仰的人占绝大多数的日本，没有道德说服力。对打上神的名号的东西，日本人倒是姑且相信，或者说假装相信。

也有诸如究竟是没有宗教还是多元宗教之类的讨论，但总的来说，和欧美相比，日本信仰某种特定宗教的人相当少是不争的事实，这就成了日本人道德观念薄弱的理由。

我觉得这个理由从某种程度上来说也是对的。比如说，全家人都会在星期天去教会做礼拜的国家就没有再特地进行道德教育的必要了吧。而日本不是这样的情况，那么老师就必须在课上单独安排时间进行道德教育。

如果有神的存在，对道德的解释就没有必要了。“神是这么说的”就搞定了，可是在日本却行不通。所以学校的老师才必须说什么“做好事心情好”。

说过好多遍了，我觉得这和电视购物没什么差别。和“用了这个洗衣液，不管什么污渍，一擦就掉，神清气爽哦”“系上这款腰带，一周之内腹肌会增加一百块哦”一样，完全是对道德的强制推销。

说起来学校的老师好像挺可怜的。毕竟，在没有任何支撑条件的情况下教授道德是非常辛苦的。被学生质问：“为什么可以杀牛不可以杀人？”有几个老师可以给出让学生信服的解释呢？如果可以掏出地狱图画一类的东西说“因为要是杀了人会下地狱哦”倒也罢了，可这在日本无法实现。搞不好还会被问到：“老师我给老年人让座并不开心，捉弄小动物却很开心，老师那我捉弄小动物可以吗？”学生那样问，老师要如何作答呢？

为什么必须遵守道德，这首先需要教育方好好思考。

人为什么要遵守道德？连这都没想明白就开始教道德，才是罪大恶极的不道德。

第二章

兔子才不会把乌龟当对手呢

当今的社会，
兔子是不会在路上睡大觉的，
它们忙着跟其他的兔子竞争，
没工夫理会乌龟。

一

大家都在说社会整体的道德降低了。这不是我说的，是文部科学省的学习指导要领里这么写的。说是社会整体的道德在下降，所以必须加强道德教育以防止小孩受到这种风气的影响。

要说我个人的感受，倒是觉得社会道德变好了。路上乱扔垃圾和烟头的人少了。东京的河流也变干净多了。犯罪和以前相比减少了，虽然说少年犯罪的情况有恶化的现象，但以前其实更多。交通事故和凶杀案件也都减少了。

调出统计数据查看一下就知道，太平洋战争前后的日本每10万人中被杀害的人数和意大利水平差不多，之后这个数字逐年下降，现在已经超过英国和德国，日本已经是世界上发生凶杀案最少的国家之一。

光从数字来看，很明显社会的道德是变好了。纵使这样，还是说道德降低了，其实说穿了是对自己的道德越来越没自信了吧。

学习指导要领里写着“如今的社会风潮给儿童德育的养成造成极大的影响，其中最明显的就是把金钱的价值和物质的享乐摆在第一位”。

真是忍不住要吐槽，那不就是你们这些大人所追求的吗？究竟是谁在说经济不景气社会就会陷入停摆的啊。编写道德教科书的人已经不知道什么是正确的了。自己都搞不清楚状况，还向孩子们传授一成不变的道德。

比如说，从以前开始，勤勉、勤劳就是道德的重要内容。

蚂蚁和蝈蝈相比，蚂蚁更被人喜爱。兔子和乌龟的话就是乌龟。因为大家都觉得学习工作认真，踏踏实实做事更了不起。

但现在的社会已经完全不是这样了。不对，好早以前就不是这样了。只要想想泡沫经济时期就知道了。只要在城市里拿到土地就能挣钱。据说当时日本土地的价格高到都可以买断全世界的土地了。而不知为何，这段事实如今似乎被隐藏了。

土地开发哪怕在当时也不是什么多光鲜的事。泡沫经济时期到处都是热钱，年轻人都努力打工挣钱，对未来充满希望，没有人关注泡沫。社会捏造出日本经济出奇地好是归功于日本人为了战后重建埋头辛苦工作的结果这样的谎言，巧妙地将泡沫经济背后的不道德掩盖了过去。

而现在已经不需要掩盖了。巨大的烟火开始绽放，世人称之为“IT革命”。从网络诞生伊始，IT企业就像雨后春笋般在世界各地强势生长发芽。随之出现的现象就是，昨天还是大学生，今天有可能就突然变成世界屈指可数的亿万富翁。

至今为止，对年轻人而言，说起大企业的老总，应该都是父亲或爷爷辈的事情。当然也会想着要是什么时候自己能当上CEO什么的就好了，不过那注定是需要辛辛苦苦、踏踏实实工作好多年才能达到的地位。这和道德教科书里描写的内容是不矛盾的。

不过现在的情形就完全不一样了。居于人下埋头苦干这种事至少表面看上去跟他们是扯不上任何关系的。用蚂蚁和蝈蝈的故事来打比方的话，整个夏天都游手好闲的蝈蝈到了冬天突然就建成了一家糖厂，并雇用了蚂蚁作为工厂工人。从此过上了幸福美好的生活。

于是，就出现了一批觉得勤勤恳恳工作是神经病，靠写博客过活的人。成不了有钱人，靠领受有钱人的恩惠总可以生活吧。

蚂蚁和蝈蝈的故事完全翻转了。靠努力和认真在这个社会是无法生存的。掌握财富的人会不断改变社会的风貌。改变成什么样的社会——当然是一个对有钱人有利的社会。

人类要生存，一些工种是必需的。可现在从事农业的人却不断地减少。由于金钱的运作，如今的社会已经发展到越来越脱离人之生存的本质了。

据说华尔街之所以能够成为世界金融中心是因为其金融架构的设计者是原本受到美国缩减太空开发计划影响而被裁掉的火箭工程专家。他们所做的就是把高度精密的数学理论运用到金融里，重新建构金融学。

现代经济说白了是数字游戏，就是一群擅长操纵数字的人让世界经济运转，某个意义上讲当然也无可厚非。不过，正因为如此，世界经济的命脉也就掌控在处理数字的人手里。说是掌控，但就算是神恐怕也难说完全掌控吧。用我作为一个普通人的特权来大胆放话的话，不如说是一边靠操弄金钱的技巧来让自己暴富，一边却使经济出现混乱。雷曼兄弟导致的金融风暴就是加进了次贷的金融衍生产品造成的。制造出金融衍生品的就是金融工程学。

喜欢钱的人随便赚钱赔钱我没有任何怨言，但他们给踏踏实实辛勤工作的人造成了莫大的影响是不争的事实。简单想想就知道，这世上哪有钱生钱的道理。不要说钱生钱了，根本就是利用数学知识操弄金钱游戏，实质上并没有给社会和人带来任何好处，人们却极力赞扬这样的工作。

当然了，有钱人才是人生赢家，才风光嘛。自己的小孩辛苦念完大学，可以进外资企业找一份做对冲基金的工作，父母显然高兴啊。孩子随便调用的一笔资金，可能就比自己一辈子的工资高出好几倍，怎么会不以他们为荣呢？调用的那些资金都是有钱人和大企业的钱，才不会想得到自家小孩做的工作最终只会导致贫富差距扩大呢。

我也不是想要说那样的工作不好。出生在战国时代，无论如何都会被卷入战争。出生在当代，就会被卷入IT和金融。人只能在自己出生的时代生活。演艺工作里有只有艺人才能明白的乐趣，同样，IT和金融里也一定有IT业者和金融工程师才能知晓的乐趣。对他们的领域不了解，所以我不敢妄加评论。

但回过头我认为对道德教科书的内容必须进行再反思。不然那些认真的孩子就太可怜了。不能再向孩子们植入那种就算天资不够，只要踏踏实实努力就能够在竞争中取胜的幻想了。继续不改的话，老实的乌龟都会沦为聪明的兔子的盘中餐了。

兔子和乌龟的故事需要被改写了。

二〇一五版龟兔赛跑

二

从前有一只兔子和一只乌龟。

乌龟对兔子说："兔子，我们来比赛看谁跑得快吧。"

兔子说："不好意思，我没有闲工夫和你比赛。我要走了，再见。"

兔子说着，一溜烟就跑到了山的那头。

没有了竞争对手，乌龟垂头丧气地在路边打起盹儿来。

不一会儿的工夫，兔子跑了回来，对乌龟说："不能在那儿睡觉哦。"

乌龟开心地说："谢谢你的提醒，兔子。那和我比赛吧。"

兔子做出一副很抱歉的表情说："嗯，乌龟，你可以先付给我地租吗？我把这一片的土地全部买断了。"

和从前相比，
社会好像自由多了，
与之相反却是在不知不觉中
变成了某些人的领地。

三

IT企业就像战国时代的大名。地球上的人类都开始使用互联网，在那里就会诞生新的领土。如今正在进行的就是争夺那里的领土的战争。

这是所有的人都明白的一件事。这是一场没有流血的战争，既没有士兵也没有军队。

从这个意义上讲，这是一场和平的战争，因为有它，世界好像变得越来越方便了。能够亲眼观赏各式各样的IT企业在我们面前展开殊死搏斗一定很过瘾。几乎没人对此不满。

因为我自己不感兴趣，所以对正在发生的一切不是很了解。但正由于不感兴趣，稍微可以从不一样的角度来观察这场战争。

亚马逊、苹果、谷歌，这些原本是不同领域的公司各显神通，相互厮杀争夺的领土究竟是什么啊。

隔岸观火的人恐怕都看得很明白。它既不是在电脑里，也不存在于用光纤把世界联结起来的网络里。归根结底，他们争夺的领土就是我们。

我不知道互联网是否只是一个假想的空间，但无论如何都必须通过人的使用才能实现。不管世界如何进化，最终干的事情都一样。

战国的大名争夺领地，实际上是为了抢夺生活在领地上的居民。领地上有居民生活，作为领地才有其价值，只是杂草丛生的土地没有任何利益可言。尽可能地占领土地以及统治领土上的人就是战争的目的。

从某个意义上讲现在一点也没改变。当代的战国大名争夺的仍然是人。他们贩卖的不是单纯的物品和服务。过不了多久，生活会变成要是没有了手机和电脑就好像没有水和电一样。

其实没有这些可以照常生活，但当突然回过神来才发现，生活已经完全被它们侵占了。

如果觉得我说得太夸张，下次坐电车的时候朝周围看一下就知道了。多少人都目不转睛地盯着手机啊。

人类这个词在拉丁语中的原意是指制造工具的人，换到现在可以叫作使用手机的人。虽然不知道用拉丁语怎么说。

不知道是在用手机发邮件呢、玩游戏呢还是看电影。但无论做什么，我们都需要向当代战国大名纳税。

假设有一天官员说“从今日起呼吸空气需要纳税”，大家肯定怒不可遏，发生暴动都不奇怪。那如果说“和人聊天需要纳税”又会怎样呢，还会出现同样的状况吗？我不觉得。因为现在基本上就是如此，可是也没有人有半句怨言啊。

一个人一天要和别人说多少话无法估算，但粗略地做一个平均推算的话，差不多一半都是通过社交媒体或邮件说出的吧。只要是借由这些媒介，就必定是需要付费的。有直接的也有间接的。因为是免费的，就可以放心地用的想法是不可取的。人们耗费在社交媒体上的庞大的时间都可以通过各种方式换算成金钱。

从前的日本，不只用稻米，还用各种各样的东西来缴税，既有用芥末、昆布、猪、土特产的，也有用劳力的。而现在只不过是把自己的时间当作税金上缴而已。

手机和电脑的性能不断提升，互联网的服务功能不断增强，社会变得越来越方便了。可以和以前想都不敢想的人对话了。这是一个可以和在地球另一端的素未谋面的人聊天的世界。

和从前相比，社会好像变得自由多了。但我们也要明白，与之相反的是，我们不知不觉之中成了某些战国大名领地上的居民。

如果是居民倒也还好，就怕他们只把我们当作牧场上的羊群。

数字化没有任何空隙、间歇、
留白和灰色地带，
所以也就不懂得跨越空隙的苦恼。

四

都说互联网让人获得自由。

我没有要否定这一面，不过从相反的观点来看，互联网就如同一张打捞鱼群的网。

座头鲸捕鱼的时候会在鱼群的下方一边转圈一边吐泡，用吐出的气泡编织出的网络把鱼群包围，当鱼群越来越集中成一小团的时候，座头鲸就一口把它们吞掉。

互联网不就正像这个气泡的网络吗？互联网原本的意思就是网[1]。正式名称叫作world wide web。网就好像是蜘蛛的巢，也就是

1 web。

说，互联网就等同于世界范围的蜘蛛巢穴。

互联网使人自由。与此同时也用蜘蛛丝将人捆缚。

互联网根本上就是一种工具。工具是无法超越使用工具的人的。因为使用了某种工具，傻子就能变成天才的事情是不可能发生的。用显微镜观察东西，小的东西看起来很大，但小的东西并没有真的变大。

一定有特别能灵活运用互联网的人，但越用越笨的人肯定更多。

有人可能会说，不管是脸书还是Youtube，以前从来没有这些东西，现在真是一个好时代。但从运营商的角度来看，这仅仅就是一个广告媒介，只是用新的技术来做以前电视和杂志做过的事情。

以前只有媒体可以传播信息，现在个人也可以向全世界传播，这算是更自由了吧。但最好思考一下这个自由的舞台是用什么建造出来的。社交媒体不是慈善事业，它难道不是一个编织网络，占据各种资源来赚钱的装置吗？

我看到的不是互联网使人自由这样的童话故事，而是全世界所有的国家正以惊人的速度朝着被集中管理的方向行进当中。

算是个人印象吧，我怎么就感觉自从有了互联网之后，所有的人都变得越来越不宽容了呢。只要是跟自己意见不同的人，就成了可恨的异端分子。挥舞正义的大旗，见谁出了错，不把对方羞辱到体无完肤就不善罢甘休的人格外多。

我在想这是不是数字文化的过错。在0和1之间，黑和白之间没有任何空隙。本来从0到1中间有很多的纠葛，而现在是从0一下子就飞跃到了1，没有任何的空隙、间歇、留白和灰色地带。

为了逾越那些空隙产生的烦恼是有思想上的价值的。没有留白，就不会懂得烦恼，人们才不会白费工夫烦恼呢，看看维基百科，或是上网去问，听不认识的人的回答。新闻也爆出过在考试的时候上网找答案的。

有人认为这是一种集体智慧。

真的吗？

对问问题的人来说，只是轻松获取了答案而已。登山若是没有亲自站在山顶就没有意义。和看了别人在山顶拍的照片就好像自己也爬上去过的感觉是有千差万别的。

所以，现在的烦恼就好像是肚子饿了的时候，想着是吃牛肉饭呢还是汉堡呢这样的烦恼，仅仅是从众多选项里面择取一个的选择性问题。

因为答案已经准备好了。

耶稣说："你们当中谁要是觉得自己没有罪，可以第一个扔石头。"从前的人听了这话都沉默不语。现在的人可能都会说"好啊，那从我开始吧"，早就争先恐后地扔出去了吧。

不禁让人怀疑网络的世界里是不是也无时无刻干着同样的事情啊。

在网上简便获取的知识
也就仅仅是简便的知识。

五

不烦恼的人是理解不了人的烦恼的。人们认为这个世界不是黑就是白。

自己是白的，所以自己就是绝对的正确。他们只会有这种浅薄的想法。

苏格拉底说过“自知无知”。意思是知道自己是无知的才是真正的智慧。

世界是不可思议的。稍微想一想，全是难以理解的事情。为什么云会在天空飘浮？为什么人会喜欢上另外一个人？人类到底是什么样的一种生物，为了什么而活着？

人类只有明白了自己什么都不懂才会变得谦虚。人一旦变谦虚了，才会开始学习。无论是多大年纪，再怎么伟大，人都不应该忘记自己其实什么都不懂。

自知无知说的就是这个意思。

但如果这么讲的话，有人一定要说："云为什么在天空飘浮什么的，网上查一下不就知道了吗？"

最近确实，只要在网上查一查，好多东西就弄"明白"了。哪怕我自己也不敢说不用。虽说出来的回答也就跟百科全书里写的差不多，但还是可以简单地得到一些所需的知识。反正对假装知道来说是够用了。

是方便了，但也仅此而已。

要把一个知识变成真正的知识需要读很多的书。这道理亘古不变。

使用互联网可以简便地获取知识，但简便得来的知识也就仅仅是简便的知识而已。那只是一种浅显的知识，只会让自己越来越不懂装懂吧。

证据之一，就是互联网的世界充斥着蠢货。其中当然也有聪明的。有利用在网上搜集的材料来制造原子弹的，也有写出让世界震惊的论文的。

但就算没有互联网，他们也可以做成相同的事情。

据说苹果的创办人乔布斯和他的合伙人史蒂夫·沃兹尼亚克学生时代潜伏在图书馆，制造出一部能够入侵全世界电话的机器。对这样的人来说，互联网可能是他们的惊人的武器，但对大多数人来讲，互联网也就意味着不用查字典了。

而一旦丧失了去图书馆和查字典的习惯，损害可能反而更大。

有“取得了天下也不到半升米”这样一个谚语。意思是再伟大的人一顿饭也吃不掉半升米。

同样的道理，不管获取多少信息，能够消化的信息是有限的。

就算可以读到最新的论文，理解不了的话也没有任何意义。虽说互联网无所不能，但同时可能也会导致各种消化不良。

这样的消化不良在当今社会中无所不在。结果就是许多人只在自己理解能力的范围内搜集一些一知半解的知识，就随便愤恨社会，胡乱发表言论。

是不是他们认为只要依靠电脑就可以改变世界呢？

这是典型的懒人行动主义[1]。可以说是懒人的社会运动。

---

1 slacktivism。

嗯，这个在维基百科里也有写。

自己不做任何实际行动却想要改变世界的想法何等自私。

因为有了互联网增加的不是全世界人类知识的数量，而是自以为什么都知道、自己是绝对正确的人的数量。

要说危险，没有比这更危险的事情了。

苏格拉底九泉之下一定在发笑吧。

种田的时代，
『以和为贵』的道德观是有依据的。

六

从前无论再怎么努力，一个人是无法工作的。

有人说单口相声演员不就可以吗？其实单口相声演员一个人也完成不了工作。因为除了师傅、徒弟、电视台的制作人，还有赞助商这些各式各样的人的帮助，这个职业才得以成立。

举个极端的例子，就算坐在路边靠乞讨为生，没有人们的恩惠那也是不行的。从这个意义上讲，他也不是一个人在工作。

所谓人际关系是与之交往的人的数量再有限，也必须在某些礼节和道德上达成共识，否则将不能成立。

可是最近变成了一个人独处不和外界发生关系的情况下就可以工作挣钱了。

因为有了互联网。

这是一个宅在家里炒炒股票和期货就可以赚大钱的时代。当然不是每一个人都能成富豪。想要拥有令人忌妒的财富，是需要才能和运气的眷顾的。

无论如何，可以肯定的是，这个时代不需要和人产生联系就可以工作挣钱了。不和世间往来，就算成不了富豪，起码可以维持生活的人的数量应该越来越多了吧。还有不少年纪一大把还宅在家里啃老的人。

对这些人来说，道德是无用之长物。因为这是一个零人际关系也能生存的时代。对于不需要道德的人，是不可能把道德勉强地强加给他们的。

在大部分人仍然需要依靠种水稻和小麦过活的年代，日本人的道德可能一个就足够了。

可是这样的时代已经过去了，那已经不可能了。

明明是不可能的事情，却硬要小孩学习从前的道德观，这不就是今天的道德教育吗？

事情一旦成了逼迫，无论怎么做都是空洞和没有实际意义的。

所以我才觉得道德教科书怎么都有一种微妙的违和感。大量用“清爽的心情”啦，“明朗的心情”啦之类的，让人似懂非懂的说法来做引证，最终不得不匆忙得出结论：反正遵守道德，心情会很好。

那么道德依据在哪里，估计编写教科书的人也不清楚。

不是，如今道德依据根本就不存在。

大家都种田的年代，“以和为贵”的道德根据是确实存在的。田地里的水是类似公共财产一样的东西，谁家要是任意把水引到了自家的田里，其他的人家就无法生存。不喜欢和周遭起冲突的日本文化就是日本式的道德根据所在吧。

可那个时代很早之前就已经消失了。

有的时候会和意大利人、法国人一起去吃饭，那个时候会强烈感觉到日本人的道德观也不是通用的。

意大利人要是指着法国人的盘子说“给我尝尝”，法国人会发火说“我自己的饭为什么要给你吃啊”。

我觉得日本人没几个会这样说，心里面想什么不知道，但至少表面上还是会客气地给对方吃。

日本人的道德观里食物是应该大家一起分享的。这是一种不喜欢和周遭起冲突的特有的日本文化，并不是世界上所有的地方都有。

维持从前的那一套日本的道德观只是一种一厢情愿的怀旧。

IT时代还会继续发展下去吧。

那么不需要道德的人也一定会变得越来越多。

第三章

原始人有道德心吗

如果是像伊甸园那样的完美世界，
戒律什么的就没有必要了。

一

很早之前的道德是什么样的呢。原始人有道德吗？就算没有道德这个词，也一定有类似的东西吧。所谓道德的雏形。

关于人类的起源有很多的学说，但现今在地球上生存的人类据说是从大概7万年前生活在非洲的智人的一个分支进化而来的。

如果相信这个说法，那么追溯到7万年前，白种人、黑种人和黄种人的祖先都是同一个。

为什么是7万年以前，也是有各种说法。最近被支持的说法是，刚好在那个时间点，苏门答腊岛发生了剧烈的火山喷发。在它的影响下，地球温度降低了5摄氏度，地球从此进入冰河期，据说我们的祖先仅剩下1万人左右。

这只是其中一种学说，不过最近能够支持这种学说的证据越来越多。比如从对虱子的DNA解析发现，人类可能是从大概7万年前开始穿衣服，这就和受火山喷发影响气温骤降的时间完全吻合。

1万人也就相当于一座小城市的人口规模。按现在的说法讲，人类在当时就是濒临灭绝的物种，可我们的祖先还是一点一点地把足迹扩大到全世界的范围。

一致的看法具体路线是，从现在的埃塞俄比亚一带跨越阿拉伯半岛，然后再移居到欧洲和亚洲。

而道德的雏形应该就是在那个时候开始萌芽的。

为了开拓新的世界，肯定会有越来越多的人聚集起来共同活动。这些聚集起来的人是以家庭为单位，还是像拥有一定数量的人的部落一样，这个不得而知，但无论如何是一种集团活动。家长或是族长会当上集团的领导者，规则也好道德也好一定就是在这样的集团活动中诞生的。

若非如此，单单凭靠蛮力争斗的集团，人类是不可能在火山喷发后持续了6000年的冰河期存活下来的。

负责狩猎的人大致会制定一个平均分配猎物的规则。这样强壮的人或擅长打猎的人就不会独吞猎物。

人类以外的动物，像狮子、狼，强大的开始啃食猎物，弱小的和幼崽吃剩下的。这是自然法则。

而人制定规则，从某个意义上讲是发展出了一种不符合自然的行为。

可能没有制定这样的规则的人类集团也曾经存在过，但那些集团恐怕早就灭绝了吧。

有10个人的人类集团，由于猎物缺乏，无法满足集团全部成员都能吃饱的时候，假如力量最强大的3个人把食物吃光，余下的7个人就会饿死，10人的集团就只剩下3人。照这样做的话，集团很快就灭绝了。

食物匮乏的时候，尽可能平均分配食物，用尽全力忍耐饥饿，如此人类才最终在冰河期存活下来。

围绕着人类是否在冰河期创造了道德的雏形有很多的假说。这个雏形的形成可能就是摩西的十戒或佛教的五戒吧。

所谓“戒”就是戒律。不可杀人，不可奸淫，不可说谎，不可饮酒，几乎都在说“不能做什么”。大概也就“孝敬父母”

不是。

基本上可以说人类的道德是从“不能做什么”起源的。必须这么规定可能是因为当时的人类很轻易地就杀人强奸。可是随便地杀人、强奸别人的妻女，集团就不能团结。而正由于为了在严峻的自然环境中生存，大家需要相互依靠肩并肩前行，“不能做这个”的戒律才有了其存在的必要吧。如果是像伊甸园那样的，树上都结满果实，谁都可以随便吃的完美世界，戒律什么的应该也没有什么必要了。人们不断地生育，迟早都会人满为患，随便杀一两个人应该也没有多大影响。

道德的原型一定就像衣服一样，是为了在严酷的环境中保护自身而产生的。就如同衣服保护身体不受寒冷和害虫的侵害一样，道德也保护着人类。要在残酷的环境中存活，他人的帮助是必要的。而道德就是得到他人帮助的一种工具。

这样想来，为什么比起有钱人，贫寒家庭的父母反而对小孩的道德管教更加严格就不难理解了。

相反，用钱就能解决的事情要是变得越来越多，那么对道德也会变得越来越漠不关心。

所以，说有钱人家的孩子品行不端的比较多还会是过虑吗？

世界上只有一个宗教时没有问题。
宗教之间相互冲撞，
就会产生严重的问题。

二

虽然说道德的原型是为了在残酷的环境下存活下来而产生的，但真正意义上的道德恐怕是在农耕社会出现，人类从家族和部落的单位发展成更大的“社会”之后被创造出来的。

《魏志·倭人传》里记述了倭人创建的几十个国家的国名，也描写了他们在这些大小不一的国家里生活的状态，记录了各个国家分别有多少人家，跨度从几百到2万户。人口算下来几千到几万人不等，一个国家的人口也就相当于现在的一个镇、一个乡的规模。各个国家都有国王和大臣，在之上还有一个统领他们的女王，叫作卑弥呼。

关于《魏志·倭人传》，有说它其实是一部小说的说法，但无论如何，卑弥呼的邪马台国统率小国的记述可以算作是国家的初始。

有追随卑弥呼的邪马台国的，也有不服从的。他们之间互相征战，结盟，一点一点形成了日本这个国家的原型。

那个时代不知道持续了多久，但道德在那个时期应该已经牢固地成形了。

因为要超越单纯的家族、亲人的集体创建国家，必须制定相应的规则。它可能是一种法律，但并没有形成文字，当然就更没有六法全书这样的东西，道德和法律还没有明确的区分。

比如规定说对面来了大人物，必须让开下跪致敬。那么，如果有人破坏了这个规定怎么办？就没有明文规定了，有可能会挨打，也有可能挨顿骂，还有可能那个大人物仅仅做出一副厌恶的表情就走过去了。

所以，这就暂且还是称之为道德吧。要说这种水准的道德是谁制定的，肯定是国王身边的人。必须下跪的一方也就是当时的平民，他们不可能自己制定这样的规则。

道德有各式各样的。

强者必须帮助弱者是一种道德，但最被强调的却是“不能扰乱社会秩序”。听从上层社会的思考方式在道德中根深蒂固地存在着。如果不遵守秩序，无论是邪马台国还是服从它的那些小国都会分崩离析，最终倒退回原来依靠家族和亲戚单位生存的原始时代。

所以我认为真正的道德就是人类从小的集团朝着更大的社会发展的时候形成的一种东西。而所谓道德原本就是为了维护秩序而制定出的规则。

这样考虑的话，就会稍微明白为什么在现在的道德教科书里动不动就说要尊敬老年人了。这不就是从远古时代就存在的要尊敬地位高的人这个道德原本的目的那里遗留下来的痕迹吗?

太过露骨地叫人尊敬地位高的人容易引起反弹，所以现在就用类似“要善待老人”这类的说法来包装成好像是在保护弱者。

善待老人不是坏事。只是说了解到道德根本上到底是怎么一回事，至少不是毫无益处的。

说道德是为了维护社会秩序，乍听起来很美好，我却认为它无非是统治者为了控制社会而编造出来的花言巧语。

进一步思考，宗教仿佛也是按照这样一种情形向世界传播开来的。

这并不是耶稣、释迦牟尼这些宗教的鼻祖当初所设想的。

至于原因，特别粗浅地说就是宗教很适合用来统治国家。

国王或统治者发觉了这件事情。比起权力和道德，宗教在控制人方面具有更强大的力量。毕竟它控制的是人头脑中最深的部分。规定向地位高的人下跪，如果没有宗教依据，做做表面功夫就可以应付了事，指不定也有一边磕头一边翻白眼吐舌头的人，而一旦把它和宗教结合在一起就不行了。因为神和佛祖是能够看穿你的内心的，翻白眼吐舌头可能会下地狱。

对统治者来说，宗教就是控制民众内心的工具。

这样想来，差不多就能明白为什么欧洲各地有那么多的教堂。奈良的大佛也是如此。

当时的当权者为什么要倾全国之力建造大规模的宗教设施呢？表面上说是表达对神和佛祖的崇敬之心，但最重要的依然还是想让信众敬畏折服吧。

我们到了欧洲的教堂，一边看着彩色玻璃，一边听着管风琴的演奏，仿佛也突然有了一种相信神真的存在的感觉。连习惯了强烈刺激的现代人竟都如此，以前的人看到这般情景，瞬间便信仰了基督就一点也不奇怪了吧。

奈良的大佛因为有镀金，完成的时候闪耀着金光，在当时应该有着好莱坞特效大片都无法比拟的效果。往好的方面讲，从前的统治者通过这些让社会安定。因为宗教维持了社会秩序，从而使社会得到了安定。

但另一方面却更加危险。

世界上只有一种宗教时没有问题，实际却并非如此。不同的宗教彼此发生冲突，就会产生特别严重的问题。因为宗教是一种绝对的正义，一旦不同的正义发生冲撞，就会引起战争。自己的是正义的，对方的是邪恶的，所以自己做的一切都是对的。

宗教本该使社会安定，却挑起了无数的战争和争端，让世界变得面目全非。

不过，“既然如此，那就用道德来解决吧”的想法也可能相当危险。

只要回忆一下太平洋战争时期的道德教育，谁都可以看得一清二楚。

那个时代，道德是操纵民众的工具。

现在已经是21世纪了，不会还有准备那样做的人了吧？

对别人强加的道德言听计从只会上当受骗，
这是过来人的经验之谈。

三

社会是一个巨大的框架。社会成员是在这个框架的包围之中生存的。成员们承受着尽可能不被这个框架所扰乱的压力。

自古以来人类都是这样生存下来的。

基督教把人和神的关系比作羊和牧羊人。不只是人类，凡是构成社会的动物都是如此。

从这种观点来看，道德可以说就是展示社会框架的东西，所谓的农场的围栏。

武士道、骑士精神莫不如此。

都听惯了“武士道就是牺牲”，说白了其实就是在讲武士社会的成员，武士要如何处理作为羊的自己和作为牧羊人的主君之间的关系。舍命也要尽守忠义，为了道义可以牺牲……

这话听起来很动听，但不就是对围栏里的自己的美化吗？

但严格要求武士发誓对主君绝对忠诚，不能同时效忠两个主君是江户时代以后的事情。在那之前的战国时代，讲求的是“士为知我者死”，只要是看重自己的主君，无论有多少个，都可以侍奉。

在武力至上主义时代和终身雇佣制时代，道德就会发生变化。变化是理所当然的。因为道德是牧场的围栏嘛。农场的主人更换了，围栏的式样和地点也会随之改变。昨天还来去自由的地方，今天有可能突然就禁止通行了。

如果了解到道德终归就是如此，倒也就没有危害，不过一般情况下学校都不会那么教。因为一旦说出道德是一个相对的东西，那么就再没有人会认真遵守道德了，所以才要像永远不变的真理那样教授道德。

如果社会不发生变化，这没有任何问题。不觉得围栏是限制，待在这里是因为自己想待在这里，这种想法对羊来说其实更幸福。

但实际上并非如此，世界永远在变化。最容易理解的例子是输掉战争的时候。

一位历史学家在书里写道：所谓战争就是对构成敌国社会的基本理念的攻击。打仗的时候还必须叫嚣“我们才是正义的，你们的想法是错的”。

美国和苏联的冷战不就是这么一回事吗?

据说太平洋战争期间，日本也把欧美国家叫作欧美鬼子。

战争输赢是另外一个话题，现实是战胜的一方就是正义，战败方就是错的。构建战败国社会的那些基本理念被全盘推翻。

输掉太平洋战争的日本教科书在当时也被涂改得面目全非。

不是在说好或不好，只是想表达道德就是这样一种东西。正义什么的，只不过因为打仗打输了，就会轻易翻转。

战前那个时代对此事应该有切身体会。战后的教师不得不教给小孩和之前完全相反的东西。较真儿的好老师可能因此烦恼忧伤。

但随随便便盲目跟从的人应该更多吧。战后在日本掌握权威的人大概都是这些人。昨日还是神气的军国主义者，而今又大模大样地当起了占领军的爪牙。

说起来就让人生气。

不过，若是作为生物来考虑，也可以说这些人的环境适应能力非常强。

就像农场主根据自己的情况来建造围栏一样，掌权者也根据自身的情况来建立道德。情况变了，道德也随之轻易地改变。

轻易改变就是道德的宿命。

相信在学校学到的道德是绝对的真理是很可笑的。

战后日本得以实现令世人震惊的复兴可以说是由于战前的道德完全转变，道德变成了一件无所谓的事情。不再思考人生为何产生这种困难的问题，而只顾拼命发展经济，才有今天的日本。

曾经有个说法叫经济动物，实际上也就是丧失了道德的动物。

到了近期，有人说日本人太辛苦，太可怕了，决心要恢复日本人的道德，其实就是对这种说法的逆反。

而这也是一种徒劳。

不管社会的道德如何改变，自己可以做到不变。

对别人强加的道德言听计从只会上当受骗，这是过来人的经验之谈。

无论哪一个时代都没有对所有人通用的绝对的道德。

四

杀掉敌人并带回敌人首级的武士会被称赞干得漂亮，显然不曾承受道德上的批判。因为在战场上杀敌的数量是非常重要的论功行赏的依据。首级就是凭证。

首级最重要的价值还在于，在战争结束后验认首级的时候，只要发现某位重要将领的首级，那么其他大部分士兵的首级就可以舍弃掉，因为要带回所有人的首级太麻烦。

不过，杀敌数量仍然是重要的功绩，因而就把首级中没有价值的、位阶较低的士兵的鼻子割下来带回去。一个人只有一个鼻子，所以只要数得出有几个鼻子，就能知道杀掉了几个敌人。

但无论古今，都有狡猾的人。既然用鼻子来计算，那杀掉女人和小孩，把他们的鼻子带回也同样可以充数吧。仗打赢了，烧杀抢掠敌方的村寨是司空见惯的啊。杀害妇孺的事情很平常。

所以，为了防止偷奸耍滑，规定了削鼻的时候，必须连同上嘴唇一起削下来的做法。战国时代的男子都留着胡须，连同长着胡须的上嘴唇一起削下来的鼻子不可能是女人或小孩的，这就可以被当作是杀敌的铁证了。

但仍然也有把死掉同伴的鼻子割下来去邀功的心狠手辣的人。

无论如何，光想象一下那个景象就觉得可怕。

斩人首级，割人口鼻……如果拍成电影，完全就是原始猎头族部落之间的战争。

实际上日本人曾经就是猎头族。

这就是战国时代基于战争的道德。

现代的战争，就算日内瓦条约没有生效以前，发生那样的事情也是不能被容许的。万一发生了，恐怕也会遭到国际社会一致围攻吧。

道德是随着时代而改变的。

要说是谁改变的，当然是拥有权力的人。

还是说回战国时代，据说织田信长统治下的尾张和岐阜治安尤其好，行游的人在街头露宿从来没有遇到过盗贼。那是由于信长严格治理，对庶民彻底课以道德的结果。

不过，信长自己却不受这种道德的束缚。不管是出家人还是什么人胆敢违抗，一律诛杀。当然信长有他一套合理的解释，但最终的结果就是最高权力者不受道德的制约。

其实不光是战国时代，好好想想现代也是一样。

美国说自己是世界的警察，谁认同呢？除了包含日本在内的盟国，其他被美国攻击的国家认同吗？

即便如此，美国依然态度强硬，不就是因为它拥有强大的实力吗？这道理古往今来都一样。

道德这个东西，当权者根据自身的情况可以任意改变。

最好记住：无论哪一个时代，都不存在对所有人通用的绝对的道德。这是肯定的。

道德是协调人际关系的一种技巧。

五

这样考虑的话，道德可以说是方便自己在社会中生存的一套准则或一种技巧。

道德不能和良心混同。道德和良心是两回事。

就像芥川龙之介所说的，“或许良心造就道德，可道德却从未造就出良心的‘良’字”。

所以我不想大家误解。我并没有说良心是一种技巧，我说的是道德。

比如，以道德教科书里首先要教给小学一年级学生的打招呼为例。早晨碰到谁一定要说“早上好”，无论是自己还是对方心情都会很好。

为了和谐的人际关系，需要首先记住寒暄用语。

这没有错。我也会严格教授弟子寒暄和礼仪，但我这样做并不是想要徒弟成为一个有良心之人。作为演员要生存，和谐的人际关系是不可或缺的。所以才教给他们必须规规矩矩地打招呼。这和徒弟的良心没有任何关系。虽然良心对人非常重要，但我不认为好好地打招呼，良心就可以进步。

我也确实觉得早晨碰到人说“早上好”是一个很好的习惯。

被人礼貌地打招呼，也不知道为什么，总有一种世界都变得稍微和蔼可亲了一些的感觉。

去国外的时候，感受很深的是欧美人比日本人更频繁地跟人打招呼。早晨在酒店里和完全不相识的人擦肩而过，对方也会跟你说“早上好”。同乘一部电梯的人目光交汇了也会说“你好”。

这当然没有什么不好。

第一次出国的时候就想“果然是外国人，就是和日本人不一样”。但仔细想想，与其说那是一种讯息，不如说是为了保护自己的技巧。

据说握手最初的含义其实是向对方表明自己的右手没有隐藏

武器。欧美人的寒暄和这个有些类似。通过寒暄，是向彼此传递“我不是危险人物，不是小偷强盗，是普通人”的讯息。

要是电梯里被人打了招呼，自己不笑也不作回应，只是盯着对方看，气氛绝对立马变得十分诡异。警觉度高的人会想“这个人感觉有点危险”。为了不遭遇危险，赶紧下电梯跑掉也不是没有可能。

总的来说，欧美人是把所有不认识的人都有可能危害自己作为一个基本前提，而为了显示自己不是这种人，才向对方打招呼吧。

当然这只是我的个人感受。

在日本打招呼的意思和这好像有点不一样。

对日本人来说寒暄好像主要是认识对方，或者是想要确认和对方的长幼尊卑关系的意味比较浓。所以基本上不和陌生人打招呼。加上日本的治安比较好，没有必要对对面走过来的人戒备这也是一个缘故。

但根据场所不同，日本人也会跟不认识的人打招呼。

比如登山偶然碰到人的时候。在远离人烟的深山里，对面走来陌生的人，凭谁也会有一点警觉吧。为了化解警觉性，在深山中相遇的人是不是也会互相打下招呼呢？当然其中也包含登山人之间的一种相互致意和确认大家都平安无事的意味。

不管怎么看，寒暄都是协调人际关系的一种技巧。

以这样的干脆明朗的态度来教道德，孩子们是不是也会稍微变得愿意认真听讲一些呢？

道德教育的存在不是为了培养良心。

掌握道德是为了让人生过得容易一点。

总觉得他人走运不道德，
那是因为勤勉的道德观已深入骨髓。

六

以前，演员被叫作河原乞丐，是社会的最底层。在当权者看来，演员干着自己喜欢的事情就能挣钱，应该没有比他们更下贱的人了吧。

江户时代施行士农工商的等级制，而演员的地位在这些之下。武士是统治阶层可以另说，农业、工业、商业都以各自的形式对社会的生产活动有所贡献。而演员对生产活动没有起到丝毫作用。

如果认可唱唱歌，跳跳舞，做自己喜好的事情就能赚钱这种事情算是职业，那么所有人都去做演员，社会就无法运转了。

所以那时候故意打压演员的地位，抑制他们的壮大。

非生产性的、玩乐着生活的人就成了不道德的了。

尽管如此，统治阶层里喜欢文艺娱乐的却大有人在。从前的贵族经常传唤能乐师、狂言师，其实变相地振兴了文艺。

当然目的是为了自己开心。所谓“生于世，且玩焉”。能够像小孩子那样一直玩乐着的生活该有多好啊。

所以其实贬低演员的身份有相当的嫉妒成分。自己为了战争、政治费尽心思，辛苦劳作，这群人却只顾悠然自得地过活。内心其实是很羡慕的吧。不从事生产性活动，可以做自己喜欢的事情的人生才是最好的人生啊。

现在等级制度已经不复存在，而是一个谁有钱谁就了不起的时代，演员不会被差别对待了。而且由于电视和广播等媒体的出现，收入也比以前增加了不少。更幸运的是，成功了，挣了钱，甚至还会受人尊敬。

非生产性的工作被歧视一方面是因为当权者的嫉妒心理，另一方面也是由于当时生产力的低下。

吃了上顿就没下顿的时代，一个只做自己喜欢的事情，成天看起来无所事事的人一定会被大家怨恨。拼命工作的重要性在于如果大家不拼命工作，社会就无法运转。

举过好几次的例子，蚂蚁和蝈蝈的故事，就是符合这样的时代的道德吧。勤勤恳恳、兢兢业业工作的人才是可敬的。无所事事的人总有一天会吃亏的教训越是在贫穷的社会，可信度就越高。

寒冬时节蚂蚁的价值比较高。

一不小心艺人竟然成了一种让人崇拜的职业的现代可以说就正值盛夏。

日本经济高速成长，被全世界当成眼中钉的时期，日本人被嘲讽成工蜂。说是因为日本人过度工作，破坏了世界经济的平衡。

我们自己一年中会有好几个星期时间休假，从事非生产性的活动。

而日本人全年无休，每天从早到晚地工作，给我们带来很大困扰。

这就是过度工作不道德的理论依据。

从日本经济开始不景气，这种言论就逐渐消失了。非正规雇佣制、劳动时间过长等议题也开始在日本国内被讨论。总而言之，日本不再闷头赚世界的钱了，所以也就不再被外国攻击了。

不知道是不是这个原因，勤恳工作可敬的道德观在当今日本仍然留存着。艺人不再受歧视，但当权者把艺人视为社会最底层的那个时代的道德现在似乎依然存在。

说起来算是逸事，为什么大家都喜欢开玩笑说演员始终不放弃梦想，经受住居于人下的时代，如今终于出人头地，其实正是因为那样的道德一直犹存。

不过勤勉、勤恳这样的道德到底对什么人有好处呢？

先不管别人，想想自己就明白了。

假设有两种人生，必须选择一种。

A人生20岁中了100亿的彩票，从此享尽荣华富贵。

B人生20岁当了公务员，辛辛苦苦工作到60岁退休。

只要不是特别喜欢工作的人，都会选择A人生吧。

可能有人说我不是，那把问题改成“如果你中了100亿的彩票你会扔掉吗？”即可。

自己怎么尽情玩乐也毫无过错。而别人走运却总觉得不道德，这是因为勤勉的道德观已深入我们的骨髓。

古希腊诞生民主主义，实际上是因为那时的市民相当于是贵族。劳动全部依靠奴隶，市民是不用工作的。就连像医生这样的工作都让奴隶去做。劳动代表了一种卑贱的身份。

勤劳成为美德是统治者为了自己享乐而制造的规约。尽管编造出各种理由，总而言之就是为了让自己不工作别人工作，才把勤劳美化成道德。

无论哪个时代，统治者都希望人民劳动。现在也一样。

第四章

道德要靠自己制定

辛劳工作的蚂蚁对一成不变的
精神至上主义可能适合，
但在要培养灵活想象力的当今社会不合适。

一

当下的道德教育不够高明，说白了是因为大人们没有认真思考过道德。关于道德究竟为何，大人们内部也没有达成共识。

尽管如此，在没有和我们商量的情况下，不知道什么时候道德教科书就被编撰出来，老师们也就根据它来对学生进行道德教育。

可道德教科书里有好多胡编乱造的内容，看不出对孩子的成长有什么好处。好几次尝试着翻开道德教科书来读，但始终难以领会里面的内容。

“要遵守规则，心情愉悦地度过每一天”“要勤思考，过规范的生活”“要明白自己的任务和职责，和集体共同进步”……

随便跳着读读，可能也不会发现有什么不好。看到“要整理好书桌和储物柜”“要早睡早起”“要帮父母做家务活”就更不会觉得有什么不好了。

也许对父母来说，能把储物柜、书架收拾整洁的孩子是好孩子。早睡早起，乖乖听父母的话，好好学习，喜欢帮助老人，随手拾垃圾，这一定是自觉的小孩吧。

但我有疑问，这样的小孩是不是恰好是方便老师和家长教育的小孩呢?

我当然不是说勤于整理、遵守规则的生活不好。

我就特别喜欢收拾打扫。说过很多次了，居酒屋的厕所如果很脏，不先打扫干净我是不上的。

即便如此，我也并不认为把这强加给所有的小孩的教育就是正确的。因为世界上的小孩是各式各样的。其中一定有擅长收拾整理的，但也一定有完全不符合其本性的。

参照道德教科书所写的内容，训斥把死蜻蜓或死蛐蛐儿锁进储物柜的小孩，我觉得是不应该的。这就等同于活生生地把小孩好奇心的嫩芽摘掉。

就算不是汤姆·索亚[1]，男孩子的裤兜里也一定装着玻璃瓶子的碎片啦，鞭炮啦，狗项圈啦各种各样乱七八糟的东西。

---

1 马克·吐温代表作《汤姆·索亚历险记》中的主人公。

当然也肯定有只放了叠得规规整整的手绢和纸巾的孩子。这都是很合理的个性。

小孩明明各式各样，却对其不管不顾，反而把某一种价值观强加给他们。这就像推土机一样将孩子们的个性完全碾碎。这样的社会是不会诞生长岛茂雄和铃木一郎[1]的。

道德教科书拿《昆虫记》的作者法布尔作为伟人来举例，可是法布尔要是出生在当今社会，一定是不幸的。

法布尔之所以伟大是因为全心全意专注于昆虫研究。事实上是放弃了其他的一切毕生致力于昆虫研究。

法布尔的书桌里一定装满了许多捉来的昆虫。但要是按照今天道德教科书的说法，这就是“不道德”的。

课桌不整洁的小孩本来就不应该受到责骂。更不要说以道德教育的名义，把要勤于整理、要规范地生活什么的强加给所有小孩怎么想来都是不对的。

这是和道德完全无关的问题。把捉到的昆虫依次小心仔细地装进课桌里的小孩，照这样的方式成长下去，即使做不了昆虫学

1 都是日本著名棒球选手。

家，可能也会把昆虫做成标本整理得很好的。

如果必要，人是会自发地去做整理的。收拾整理什么的假如不是从自己出发真的想那样做，也就失去了意义。

法布尔曾经这样说过：“自由创造秩序，强制葬送秩序。”秩序虽然重要，但不能强行创造。打扫整理如果不是自己真的想做，那就只是强制劳动。

如今的道德教育搞不好就沦为了像这样的一种对小孩的强制劳动。辛劳工作的蚂蚁对以前那种一成不变的精神至上主义可能适合，但在要培养灵活想象力的当今社会，我想不合适。

鸟儿能在天空飞翔不是因为遵守了法则。

二

现在的道德教材就像营养学被引入以前，大肆鼓噪多吃面包聪明的那个年代学校提供的糟糕的伙食。

以前学校的伙食没有考虑过过敏这个问题。小孩吃剩饭会被骂，午间休息前还没吃完就不能玩耍。

但是发生了有食物过敏症的小孩饭后因过敏性休克死亡的事件，校方才考虑重新研究学校伙食的食谱。就此发现有对小麦粉、牛奶、花生等各种食品过敏的小孩，对所有人提供相同的伙食是不科学的。

所以时至今日才有应对过敏症的食谱。

那么，道德也是同样。所谓道德，就像是心灵的营养。如同有对食物过敏的小孩一样，对心灵营养，应该也有适合和不适合的小孩。

简而言之，“要听父母的话”这样的道德不是对谁都适用。教室里可能有没有父母的小孩，也可能有被父母冷落甚至虐待，身心遭受巨大伤害的小孩。曾经听说遭受心灵创伤的小孩要想恢复心理健康，意识到自己的父母是坏人很有必要。教育小孩要听父母的话，无异于在这些小孩的伤口上撒盐。

无论是早睡早起还是收拾整理，应该总有一些因为各种原因难以做到的小孩。自闭症儿童躁动不安，一定有其明确的理由。

把这些事情告诉孩子们倒不如说应该是道德的责任。每一个人都不同。许许多多和自己不同的人组成了这个世界。所以找出一个适用于所有人的道德仅仅是一种侥幸的想法。

“真实的情况是，没有人愿意受伤，要是自己不愿受伤，就不要伤害别人。”可以在教室里告诉所有小孩的道德顶多也就这个程度吧。

而如果像锻炼军队意志力那样，以让小孩学习规则，培养他们的公益心为目的，把一模一样的道德观统一强加给所有的小孩是绝对不行的。

关于小孩的内心成长，应该有像发展心理学、儿童心理学之类的许多研究成果。特别想教给小孩道德的话，最好要更加钻研此类的研究，然后再创造出全新的道德。

收拾整理也好，正确规范地生活也罢，假如认为这些对小孩的成长非常重要的话，那么是不是对所有小孩的成长都是必要的，可不可以自己先试着求证一下呢?

道德不应该是培养未来理想国民的工具。它最重要的作用是帮助孩子成长和进步。

现在的道德教育就好像是先有一个“小孩子必须是这样”的模子，然后再把小孩硬塞进这个模子里。

顺序显然反了。

鸟类并不是先有了一个翅膀必须这样大小，骨骼必须多少重量的规则，然后再遵照这个规则进化来的。能够飞翔是鸟类进化的结果。

想要在空中飞翔，就必须研究鸟类的身体构造，了解其能够飞翔的原因，这才是应有的顺序。

新干线的集电器就是在研究了飞的时候几乎没有声响的猫头鹰的翅膀的基础之上，做成了现在的锯齿的形状。据说最近新干线车头前卫的造型是从翠鸟的喙那里获得的灵感。这个造型可以缓冲新干线在高速进入隧道时产生的冲击波。

规矩、法则不是从一开始就有的，而是随后产生的。

可以像研究猫头鹰和翠鸟一样，把本田宗一郎、甘地、乔布斯的孩童时期认认真真地研究一遍。或者可以收集一些有重要发明的、对世界有巨大贡献的、人格被大家尊敬的，总之特别杰出的人的例子，好好研究这些人的童年是如何度过的，为什么会成为伟大的人物，然后把研究成果反映到道德教育当中。

然而，结论其实是可以预见的。

我就从来没听说过取得伟大成就的人从小是乖乖听老师和家长话的。

认真守规则的道德仅仅对想要过社会给设计好的人生的人有用。并不是说这样的人生很烂。只是如果我们造就出的都是这样的人，那该怎么办？这是我想说的。

一个朋友也没有却生活得很幸福的人有很多。

三

道德教科书里另一个让人在意的是被胡乱夸大的友情的重要性。

也许是因为霸凌现象的出现，想要有所作为吧，才会产生如此草率的想法。

“和朋友在一起很开心”“被朋友帮助的快乐”“交朋友的好处”等，道德教科书里举了很多朋友的作用的例子。

如意算盘打得很好。这一定是真有朋友的人写的。

帮助朋友不是为了将来什么时候获得朋友的帮助。帮助朋友只是因为喜欢朋友。

帮助朋友即使没有好处甚至承受损失也要帮。这是真正的朋友。

《奔跑吧，梅勒斯》[1]里的国王最终悔改了，还算是走运。假如国王是一个更加冷酷无情的人，恐怕两个人都被杀掉了。

“有朋友真好啊”应该是后来回想起来发觉到的，而不是为了什么目的事先设定的。想要得到好处而交朋友的人，谁又会真的想和他成为朋友呢？

如果不说出真实的情况，小孩子是不会想交朋友的吧。

朋友什么的也不是非交不可。一个朋友也没有，照样也有生活得很幸福的人。

不过打开道德教科书会发现，仿佛没有朋友，人注定就是不幸的。交不到朋友的人简直就是有问题的。

由于接受这种教育，交朋友成了强制观念，好多小孩拼尽全力不被同学排挤。这恰恰很有可能成为校园霸凌增多的原因。

前段时间发生的一名学生因为怕被看到一个人在学校食堂吃饭，所以躲到厕所里的事件，瞬间成了热门话题。这难道不是当今道德教育所产生的边际效应吗？

---

1 日本作家太宰治的短篇小说。

道德教育真正应该教的是，就算不勉勉强强交朋友，人一样可以生活得很幸福。

就像谈恋爱不能被强迫一样，交朋友也不能被强迫。

假如将来少子化现象更加严重，想要结婚的情侣越来越少，那是不是道德课上也要教“谈恋爱是有好处的”呢？

人只要有一个一生热爱的兴趣，
高龄犯罪率会明显降低。

四

我经常讲一件事情，我觉得人生不用有目标。

虽然道德教科书里写着找到人生的目标，但真的接受认同的话，没有任何益处。

对于进入公司，埋头苦干，一路当上科长、部长，好不容易熬到退休，却发现一辈子做的不是自己想做的事情的人来说倒是适用。

这对公司来说当然是好事，不过如此为了公司倾尽一生到底是为了什么？

终身雇佣制的时代，公司会全面照料退休员工的生活，这倒是不错。现在也还有一些这样的旧式公司。而大部分的企业因为社会的改变，开始讲求能力主义，就像手心翻到手背一样，撤回了以前的政策方针。

不敢说是全部，但基本上都是这种情况。如果能当上总裁或高管倒也罢了，如若不是，最好不要对公司盲目效忠。

经常听到退休之后再来找寻自己的爱好的说法，可是根本就不可能找得到。因为最该找的时候没有找。

所有的事情都一样，从刚开始接触它到真正能够享受学习的乐趣，是需要花费相应的时间和精力的。对老年人来说，那样的时间和体力都所剩不多。如果不从年轻的时候开始，要达到真正能体会兴趣带来的快乐的程度是相当困难的。绘画、钓鱼，无论什么都是如此。不持续地坚持练习，就无法体会其深层次的趣味。上了年纪才开始学习，很有可能以失落而告终。

退休之后有自己的一个爱好，老年生活的确会比较快乐。

要实现这个，年轻的时候就必须专注于自己的爱好，投入相当的时间和精力。有很多把钓鱼看得比吃饭还重要的人，这样的人基本都是从工作的时候就开始拼命挤出时间，编造各种家人去世的谎言来请假，大江大海几乎都跑遍了的。

时不时传出成年教师搜集几千张少女的裸照，警察跟踪偷窥女性被逮捕的奇特新闻。教师、警察这种职业的人干出这样的事情实在是难以被原谅，因此被特别报道出来。但其他普通成年人的类似的犯罪恐怕更多。这只是冰山一角而已。

以前有此类爱好的成年人一定就存在，现在可能越来越多了。

正是因为没有其他能做的事情才会对此类事情如此热衷吧。

说白了就是没有兴趣爱好导致的。

这如果是竭尽所能效忠公司或学校造就的后果，实在是相当悲哀。

自己的人生要靠自己获得快乐。

人生要是真的有目标，可以去追求。要是没有，也不需要刻意地去寻找。那只会让人变成糊里糊涂的职场人类。

与其寻找人生目标，不如趁年轻先找到自己一生都热爱的兴趣爱好。如果能找到的话，一些莫名其妙的高龄犯罪案件应该会明显减少吧。像我现在就觉得画画比看美女屁股有意思得多。这好像比教些不入流的道德对抑制犯罪更有效。因为它丰富了社会整体的精神性。

要是日本每一个人都有自己一生热爱的兴趣，一定也会产生巨大的经济效益。尽管我很讨厌经济效益这种词。

横尸街头也要自由，
成功与否是次要的。

五

至今为止的人生，我做过好几次的决断，但最重大的一次仍然是决定从大学退学。

退学之后，我进入了演员的世界。

这对我来说是从集体出走，差不多等同于自杀的一个决定。在这之前，我虽然也尝试做过各种各样的事情，但最终还是听从母亲的想法，认为自己应该在社会群体中生存下去。

套用道德来说就是，在那之前的自己一直活在母亲的道德观里。决定从大学退学的那一刻可以说是我从母亲的道德观里挣脱了出来。

我说了这等同于自杀，讲真的那个时候还真的需要有这般的决心。当时我心里确实想的是哪怕在浅草横尸街头也心甘情愿。

嘴巴上虽然讲只要能做演员就算横尸街头那也很酷，但内心并不这么以为。至今仍然无法忘怀的是做出这个决定的时候，抬头看到的天空是那么的高远辽阔，终于觉得自己自由了。

小孩始终是生活在父母和学校所教的道德观里的。而长大成人就是从别人给自己造的道德保护伞下脱离，下定决心依靠适合自己的价值观去生活。

因为抱着横尸街头般的决心，所以就一定能成功，哪有这样的好事。我压根就没想过成功这件事。本来就是做好了必死的打算跳脱出来的，能活下去已经是幸运了。

所以，我并不建议读者们也脱离群体。

因为无论从哪个方面思考，失败的可能性都要比成功大太多。

我没有横尸街头真的是一个奇迹。那完全是时代和运气的眷顾。要其他人学我这种话我可说不出口。

不过确实，从群体里面跳脱出来，比身处其中能够看到更多不同的东西。

我并没有偏离太多，只是处在群体上方一点点，可以比里面的人更能看清群体整体动向的位置。对演员来说，这样的位置刚刚好。偏离太多，群体里面的人无法理解我所说的。对艺术家来说可能合适。但偏离太多，很有可能没法养活自己。

所以我就在群体的上面、下面或旁边，反正偏离一点点的地方，和群体保持着若即若离的关系混日子。

小鱼围成一团是为了降低被大鱼吞食的概率。离群的小鱼应该是最早被大鱼吃掉的，不知道是不是走运，至今我还没被吃掉，活过来了。有可能靠近小鱼群的大鱼没有看见这条小鱼。

总之，我现在在这儿好像很了不起似的夸夸其谈，正是因为当初我离开了群体。

我虽然说过不推荐读者这样干，但如果有能抱着横尸街头也心甘情愿决心的人，我也不会阻拦。

说过了，完全不能保证会成功。说得更明白些，基本就不会成功。这是理所当然的。演员成千上万，真正能靠它吃饭的人少之又少吧。

不过，就算不成功，也可以看到自己头上那片没有任何遮挡、广阔而高远的天空。要是人生能再世，就算横尸街头，但抬头能看见这片天空，我依然会选择脱离群体。

不是故作姿态，只是既然都做好横尸街头这样的最坏的打算了，那么还有什么是自己做不到的呢？

有上进心的演员自然会掌握世界的法则。
想进步的人不用教也学得会道德。

六

我是在母亲的“评论食物好吃不好吃很粗鲁”的教育中长大的，所以不自觉也沾染了相同的习性。

但我从不把这样的“道德”强加给别人，对自己的小孩都没说过。

道德不是强加于人或被强加的一种东西。

当然，我认为作为父母，有必要让孩子学会最低限度的道德。

但那终究仅限于最低限度。

小孩子干了坏事自己察觉不到，这需要告诉他们。解释给他们听为什么不能这么做的原因，基本上就能理解了。

有小孩做了作为人不能做的事情，一定要责骂，但机会其实不多。小孩并不笨，到了一定年纪，就不会在父母面前干坏事了。

只教最低限度的道德是因为，不管如何严格管教，小孩自己不那么以为，就没有意义。

所以最终道德需要自己去掌握。

要掌握什么样的道德，人与人是不一样的。比如说，我就只跟弟子们交代最低限度的事情。其中的道理是相同的。

所谓最低限度就是寒暄和礼节。演员的世界是一个纵向社会。必须尊比自己先入行的人为前辈。反过来不管对方年纪多小，工作之外也应有最基本的礼仪。在电视台的制作现场，助理常常被导演或制作人使唤。而这些导演和制作人又很尊敬我们演员。所以时不时就有弟子误判，以为自己了不起，对助理出言不逊。这个时候我就会告诉弟子这绝对不行。差不多除了像这样的最低要求，其他的我就不管了。

好像有点冷漠，但这之外的事情只能靠本人努力。奇怪的是凡是成功的演员无一例外的都是会礼貌地跟人打招呼，懂得必要的礼节的人，从来不会对工作人员趾高气扬，给人的印象特别和善。

虽然演员有演员的道德，但不用细教，教了也掌握不住。然而假如有上进心，自然是学得会的。不光演员，无论在哪个领域取得成功的人都是如此。

在人类社会中想要进步的人，不用教他们也会成为有道德的人。因为没有道德是无法进步的。

从前的人不使用道德这样的词语，
他们用自己的人生观来指导自己的行为。

七

就像演员有演员的道德，调酒师有调酒师的道德，白领也有白领的道德。

每一个人的道德都有些微的不同。因为每一个人都不一样，所以道德只能靠自己来制定。

不必对别人强加的道德观唯命是从。

开创新时代就是打破旧有的道德，建立新的道德。

道德好像是一张婴儿床，待在里面，婴儿就是安全的。但只要不跨出婴儿床，婴儿永远就只是婴儿。蚕蛹被蚕茧保护着固然安全，但只要不冲破蚕茧，蚕蛹永远就只是蚕蛹。

就像前面已经说过的，道德是要把人约束在一定的范围内，为统治系统服务的一种存在。是培养老实、顺从的国民的婴儿床。只要待在其中，就不会和周遭产生摩擦，生活得安全而舒适。纵然多少会感到不自由。

可是，身在其中也就不会做其他的事情。

耶稣之所以被钉上十字架，说到底就是因为他破除了旧的道德，创造出新的道德。

耶稣说要爱你的敌人。对当时在罗马帝国统治下的犹太人来说这一定是过激的思想。不，哪怕放到现在，恐怕也是相当过激的。

所以我要说的并不是要创造一种过激的道德，而是不听从任何强加的道德，凭靠适合自己的道德去生活。

说高仓健酷，那是因为他扮演高仓健这样的一个人。那就是他的道德。

适合自己的道德也就是自己的生活态度。以前的人是有的。

虽然不用道德这样的词语，但会依从自己的人生观来指导自己的行为。

现代人心性游移就是因为把道德委托于人。而我却认为应该把它委托给自己的人生。

与神无关，
按照自己的道德去生活就好。

八

近来越来越感到女人不那么紧要。

年轻的时候发生过很多事情。表演还不尽如人意的时候，没想过谈恋爱这件事。当表演渐渐开始上手，想谈恋爱了，可事业处于上升期，又没有精力谈恋爱了。

不过在我妻子听来，这可能是瞎扯淡。

我一直对自己说，老婆要是提出离婚我就立马离。我一丁点也没有要和妻子离婚的想法。我会按照自己喜欢的方式生活，但只要愿意做这样的自己的妻子，妻子的位置永远都是她的。

我的全部收入都是汇入妻子的户头的。自己挣多少钱完全不知道，零花钱都是妻子给的。虽然也有因为零花钱太少，抱怨妻子太过分了的时候。

因此常常被人夸是个好丈夫，我自己也这么认为，但只要想一想自己还不被关注的时候，这简直就是理所当然的事情。人不能因为受欢迎了就得意忘形了。那是夫妻相互扶持的结果。成就今日的自己妻子有一半的功劳，她当然拥有我的收入的一半的权利。所以，我全部交给她。我挣钱，妻子管钱。这不很公平吗？当然也有一部分原因是管钱太麻烦。要我来管的话，恐怕现在都入不敷出了。

有点夸夸其谈，不过这就是我的道德。

但这些都是我的立场之所见，在我妻子看来恐怕又是另外一回事了。总之，将自己的收入全数交出是我随心所欲地让妻子接受的。

最近很少回家，很难见到妻子。主张夫妻应该一辈子都生活在一起的卫道士一定会说我是一个冷酷的人。假如我是基督徒，这是不成体统的。可是我既不是基督徒，也不是穆斯林、佛教徒。所以与神无关，按照自己的道德去生活就好。

也许这是一种不好的道德，比如有人会说“肯定在外面和女人鬼混”。

这样的道德不被世间认可对我来说完全无所谓。只不过在行使自由的同时，也必须坚守像“这个不能做”“护卫妻子的权利”这样的约束自己的原则。在哪里对什么要踩刹车是道德需要扮演的角色。如果不是如此，干什么都可以，只会变得无趣。棒球、足球之所以有趣正是因为规则的存在。

人生如是。

如同之前写过的，道德由于各自立场的不同是因人而异的。无论是什么样的道德，我认为最重要的是，只要是自己认定的道德，就必须牢牢坚守。

这本书是关于道德的书，所以一直反复使用的是道德这个词，但你要把它换成规则也好守则也罢，都可以。总而言之，制定适合自己的标准，然后遵守它。

真心觉得别人创造的道德有道理，拿来作为自己的道德来遵守当然没有问题。若非如此，与其不明就里地怀抱他人的道德，不如创造出能让自己信服的道德，再好好地将其坚守。

我并不是说道德无用。人在世上生存，还是需要道德的。只是没有必要被别人创造的道德牵着鼻子走。

道德只能靠自己创造。

如果不知道如何创造，可以先读读有关道德的书。尽管我吐了很多学校使用的道德教科书的槽，但它依然可以是创造适合自己的道德的一个参考范本。

第五章

人类已经道德沦陷了吗

日本人的思想深处存在着只要生活中对自然心怀感激终将有所回报的想法。

一

在进行艰难交涉的时候，比起判断哪一方是正确的，还有更重要的东西。那就是发现对方说的也有合理的地方，从而检讨自己弄错的可能性。

过去讲“强盗也有三分理”，意思是再坏的人多少也有些自己的道理。两个人吵架，虽然各自有各自的理由，但要说一方是百分之百的对，另一方是百分之百的错，那是绝对不可能的。所以在江户时代，对争吵的双方是各打五十大板。

只要是人与人之间的争吵，这道理谁都明白。

但国家与国家之间的纷争就不是这样了。宗教与宗教的对立就更为残酷。因为它沦为了善与恶的战争。

不过，客观地来看，这着实奇怪。

既然强盗都有三分理，那么某个国家或宗教所相信的事情就不可能是完全错的。原本发动战争的目的是为了保护本国人民的幸福，哪怕只是场面话。不论要以什么国家为敌，至少得认同这一点。理由是不存在百分之百错的一方。尽管如此，也同样有认为本国的主张是百分之百绝对正义，所以就要发动战争的国家。

从这个意义上讲，战争是道德与道德的战争。想要把本国的道德强加给对方就会产生战争。

之前提到过日本的道德因为没有宗教的支撑所以比较弱，但反过来思考，那恰恰又是日本的优势。

庆祝完耶稣的生日还不到一星期，马上又跑去神社参拜，双手合十。明明婚礼在教堂举行，可葬礼的时候又去请僧人。好像我们也不觉得有什么矛盾。

日本人什么都搞暧昧，不明确地区分黑和白，不说“不”。日本的这种国民性长久以来受到的负面评价比较多，但放在今日今时，说不定就成了一种合适的态度。

为什么日本人如此暧昧，看了一些书说是因为日本四季分明，觉得很有道理。四季和生活变化了，心境和想法也随之改变。比如在寒冷的冬季就很适合讲蚂蚁的故事。听了就想要踏实辛勤地劳作，为了迎来温暖幸福的晚年。但舒适的春天一到，那个决心就不知道去哪儿了。夏天热得像在亚热带，抱着船到桥头自然直的想法，工作适可而止就可以了。

想法不断在变，所以日本人在思想上才不会钻牛角尖。本来也没有钻牛角尖的必要。

自然教给我们生存之道。只要对自然心怀感激，终将有所回报。以前贫困饥饿的年代，物产不像现在这样丰富，但山川海洋也同样用它的馈赠养育了我们的祖先。对日本人来说，自然是给予我们恩惠的一个存在。这种想法在日本人的思想深处根深蒂固。因此在日本才有千千万万的神。太阳、月亮、青山、河流都是神，说不定哪块石头里也住着一位神。所以日本人敬拜所有的神，外国来的一样欢迎。

在一神教的社会很难见到这种情形。因为只有一个唯一的神，认同其他的神就意味着否定了自己的神。钻牛角尖的话就会是这样。

不能说哪一个更好。西方自然科学如此发达正是因为有基督教这样的一神教的宗教。因为只有对事物追根究底的精神才能让科学进步。

可是当世界变得越来越拥挤紧密，是不是不要钻牛角尖反而更好呢？

不把自己的思想、价值观强加于人，当从外界传来各种新鲜的文化，对其景仰，学习。圣诞节带着虔诚的心去教堂，正月里带着清澈的心去神社，参加葬礼的时候借助佛家来思索人生的无常。

日本人一直就这样混同着各种宗教生活着，也没有听说过由于这样行为不端而遭到报应。反而由此增加了好多活动，开心得不得了。伊斯兰文化传进来比较少，那不如把斋月也学过来如何呢？斋月里大家一起断食，不也是对世界粮食危机的一次很好的反思吗？

这样有什么不好的吗？不，这样很好。

因为这个世界上不存在百分之百绝对正确的思想或宗教。不断地吸取各家之长，然后将日本人的智慧扩散到全世界。不管是不是为了世界和平，反正比起输出武器和军队，这样的做法应该更能得到世界的尊重和感激。

对某些上了年纪的人来说，觉得随便说食物好吃不好吃是不道德的是理所当然的。

二

世界上还有另外一种与统治者为了维护社会稳定强加给人民的道德所不同的道德，那就是父母教授给子女的道德。

这并不是坏东西，只是有时候会过时。

我母亲从前经常跟我说“说食物好吃不好吃很粗鲁”。不应该说什么“今天的咖喱饭真好吃啊或是不好吃”之类的话。

现在的人可能无法理解。

没办法，因为这是一个对于老婆特地给做了一桌子菜，老公如果不发表评论会被批评太冷漠的时代。

母亲之所以这样说，其中一个原因是她经历过食物短缺的那个时代。今天的咖喱饭加了肉，确实加了肉的咖喱饭比较好吃。

但明天的咖喱饭可能就没有肉。赞美今天的咖喱饭好吃就是在埋怨明天的咖喱饭不好吃。无论是加了肉还是没加肉，有食物可吃已经是很幸福的了，所以母亲才不说好吃不好吃，而只是默默地进食来给自己的小孩做示范。对母亲来说，为食物的美味感到欢喜等同于忘记了对不好吃的食物的感激。所以当我吃到什么好吃的说“真好吃！”的时候，才会被母亲训斥说“不准说这种粗鲁的话！”

这就是母亲的道德。不仅仅是我的母亲，听说江户时代武士的家庭大都像这样管教自家的小孩。所谓武士说白了就是农家的寄食者，也就是食客。农民种的稻米支撑着武士的生计。只要明白了这个立场，就会理解说食物好吃不好吃对创造食物的农家来讲是相当失礼的。

其实也不只是武士，这曾经是当时的日本人的共识。把食物扔掉也就是这几十年的事情，以前的日本人基本上一直就是靠日本列岛上收割的食物勉强度日。每隔几年就会出现歉收、饥荒。因为饥荒有人饿死，有父母卖掉自己的小孩，或是杀死刚出生的婴儿，把老人丢弃深山等，情况惨不忍睹。一边有人饿死，一边还有人说食物好吃不好吃，某些上了年纪的长者当然会觉得不道德，甚至是反感。

现在已经不是那个时代了。就算天候不佳粮食歉收，也可以马上从国外进口。现在的孩子恐怕只在学校的教科书里看见过饥饿这个词吧。

我当然知道有“赞美好吃的东西有什么不对吗？”的看法。我自己吃东西的时候也会时不时发出“真好吃”的感叹。听到谁说哪家的咖喱饭好吃，也会忍不住想打听和预约。

不过比起那些炸肉饼、咖喱饭、寿司饭团，打心底觉得最好吃的还是小时候妈妈做的东西。

好吃的和不好吃的摆一块儿，我也会想吃好吃的。这是人的本能。我没有否定本能的想法，只是本能这个东西不是应该稍微遮掩一下吗？

性也是本能，但没有几个人会把自己真实的心情昭告天下。也没有人会叫喊自己想大便。那是因为被别人察觉到自己按照本能行事，人多少会有点害羞。

这种羞耻心在和食物发生联系之后不知道为什么就消失不见了。这种情况的出现并不是太久远的事情。它恰恰和日本开始大量从国外进口食品，超市和百货公司的食物变得极其丰富，家庭餐厅和快餐文化兴盛的时期重合。

感到好吃是人的本能吧。但这种本能却被商业所利用。

时代可能已经发生改变。可那指的只是日本的物资变得丰富了。从全球范围来看，情况没有发生任何改变。要是有在别的星球居住的外星人用望远镜观察地球的话，一定和母亲说着同样的话。一边有很多小孩子食不果腹，一边也有很多吃着大餐装腔作势评价美食的人。

“真是粗鲁！”他说。

从前的人心性安稳是因为比起
现在的我们仔细地思考过死亡。

三

拉丁语中有“memento mori”这句警句。意思是不要忘记终将一死。

不能忘记的不是别人的死，而是自己的死。

人终将会死，没有比这更确凿的事实了。特别强调不要忘记，就是因为会轻易忘记吧。

这是一句罗马时代的警句，那个时代人要比现在更容易死亡，而竟然在那个时代就有了这样的说法，也就证明人是有多么轻易地忘记自己会死去这件事。

现代人更可悲，可以说完全遗忘了这件事。因为医学进步，人类的平均寿命延长，现代人亲眼见证死亡的机会急剧减少了。这当然是好事，但相应的是现代人也变得越来越不认真地思考自己的生活方式了。

概念中的死亡和现实中的死亡完全是两回事。

从前死是司空见惯的事情。曾经有过把尸体放路边的时代，兄弟姐妹中有的小时候就死掉了，还有走着走着突然就倒下的，人得了病受了伤很容易就死了。碰到饥荒、灾害，还会死更多的人。

亲眼看见死亡，谁都会去思考自己的死。

而思考死其实就是思考生。

从前的人心性安稳，就是因为比我们更加具体地思考过死吧。

武士道如此正视死亡正是因为他们知道意识到死才能好好地活。

现代人的生活方式刚好相反。

平均寿命再怎么延长，人会死去这件事从来没有改变。人终将一死。这个事实古今不变，可我们却视而不见。

死亡是自然法则，可我们好像完全把它当作什么不合情理的事情来对待。

只要发生了凶杀案件，新闻节目都会不遗余力地追查杀人动机和被杀原因。泡沫横飞地大谈应该采取什么措施来防止类似案件的发生。有人因病丧生的时候也是同样的方式。热心地向观众说明疾病由何引起，要如何预防等。听起来好像死者犯了简直无可救药的错似的。

说预防犯罪和疾病只是借口，其实真正的目的是想把死亡解释成和观众毫不相干的一种现象，想让他们安心。

简直是要把死亡从世上隔离出去。

但我不认为这是节目制作方先有预设而故意为之。现代的潮流如此罢了。

人死是再自然不过的事情，谈论尸体也是社会极其重要的组成部分，可日本的电视台却不准播放尸体的画面。方才活着的人下一刻就死掉的瞬间在电视台是禁播的。

死被掩盖了起来。就好像大家其乐融融聊天的时候也避讳提死一样。

与其相反的是，电视剧和电影里杀人与被杀是家常便饭。无论是斯杀或尸体的画面都大量地出现，可那些都是虚假的，是活着的演员扮演出来的死。

这样一来怎么杀人都是没有问题的。因为我们知道那是假的，所有的死都是装出来的，拍摄一结束，尸体就会笑着重新站起来。

多亏了如此，我们活着已经忘记了死亡的存在。明明终有一天会死，明明那一天可能就是明天，可是却像自己会永生一样而漫不经心地过着每一天。

然而，逃避死就是逃避生。因而难以真切感到自己“活着”。

经常有人说现代人道德低下，如果这是真的，那我认为原因也就在此。要产生道德，首先自己必须对死亡进行认真的思考。

对于自己的死亡可以好好地安放于心的人在人生的长路上应该也不会误入歧路。

这对无论是宅男、啃老族还是富豪，只要是世界上生活着的人来说都具有意义。

因为无论是谁，最终的结局都是一死。

“memento mori”是道德的基石。

让老人可以舒服地死去。

四

这个世界上有太多的竞争，可是迟缓的一方获胜的竞争一个都没有。

如果死是人生的目的地的话，我总觉得可以不拖沓地抵达的那些人才是胜利者。

做自己喜欢做的事，然后干干脆脆去死的人不是最优秀的吗？我从来没想过长命百岁，对我来说，最好的事情不过就是努力活过，干不动活儿了，就找个法子，让自己做着美梦死去。

这样以为的老年人一定很多。退休金被削减，护理保险被征用，过着吃了上顿没下顿的生活还必须忍受痛苦继续活下去……这到底是谁的规定？

必须被他人强制着过这样的生活吗？难道不可以自己决定自己想什么时候死吗？

最好的性教育是展示生产的画面。

五

有一项罪名叫作公然猥亵罪。

在不特定多数人的目光所及的公共场合公然实施猥亵的行为便构成犯罪。

据说此法条是为了维护社会的性道德秩序。

关于什么行为构成猥亵，以前有过各种判决，当下法律规定展示性器官便构成猥亵。

不特定多数人是释义关键，所以在私密场合男女双方互相展示性器官是理所当然的，不适用于公然猥亵罪。

为什么不能公然做这种事情，说是扰乱社会的性道德秩序。意思就是说看了性器官，人的性道德秩序就会混乱吧。

既然如此，那澡堂、温泉为什么被允许呢？而且也有男女混浴的地方，在这些场所向不特定多数人展示了性器官就不构成公然猥亵罪了吗？澡堂里看见了别人的性器官，性的道德秩序也没有乱掉吧。

所以我不太明白。

还是说，法律太过于拘泥于性器官这件事情了呢？

所谓性器官，可不仅仅是为了性交的工具。特别是女性的性器官，那是小孩子诞生的神圣的地方啊！

日本各地都有直接以性器官为崇拜对象的神社，现在仍然保留着各种性象征意涵的节日庆典，就是很好的证明。从来没听说过参加了那样的庆典，人的性道德秩序就混乱了的事情。

只要是自然而然地展现的话，任谁也不会觉得不舒服吧。

嗯，如果少子化是一个问题的话，可能倒不如感到有点不舒服反而更好。

感到不舒服恐怕就是因为对性器官的过分遮掩。因为遮掩，就会总觉得那是一个让人羞耻的地方。处于青春期的男孩，由于满脑子都想着女孩那里长什么样子而不思学习的大有人在。

难道不可以在教育当中明明白白地展示给他们看吗？

绝对不是开玩笑，我觉得最好的性教育就是展示女性生产的画面。

认为看了孕妇生小孩，性道德秩序会乱掉的人该要跳脚了。

如果一个人了解了母亲是如何痛苦地把自己生下来的，专门费心地教小孩要孝顺父母其实就没有必要了。亲子关系再怎么不好，孩子至少也会感激父母的生育之恩。

而如今亲子关系变得越来越糟的原因之一不就是因为向小孩遮掩如此自然的事情吗？

越是把性器官当作敌人，说它是淫猥的，是不能看的，人就越想看。然后，这种印象和幻想就会朝着扭曲的方向发展。最后完全就忘记自己是从这个地方诞生的，反而认为它是全世界最肮脏的地方。

破坏性道德秩序的是警察和法官吧。

牛、猪是如何被饲养、宰杀、加工成肉，变成我们的食物的。让小孩实地观看、感受。

六

我们口中所说的食物，实际上是其他生物的生命。

猪、牛自不必说，鱼，哪怕稻米、菜叶说到根儿上也是有生命的。科学再如何进步，那也是改变不了的事实。

人类是依靠杀害其他生物存活的。

这大概谁都知道。

如果真有这样的认知，面对摆放在自己面前的食物，就不应该轻易地评价好吃或不好吃。

我现在回想起来从前母亲认为说食物不好吃很粗鲁，是不是也有这个意味在里面。

老一辈的人确实了不起。倒不是他们天生比我们优秀，只是因为过去食物比今天珍贵，而又近在他们身边。

要吃鸡肉，就要杀鸡拔毛。要吃猪肉，就要杀猪切宰。这些场景时常就在人的近旁出现。大家都会有杀掉生物吃它们的实感。

只要有亲眼看见鸡的生命在自己手中消失的经验，我想无论是谁，对吃这件事多少也会心存一些谦虚。

而现在，肉和鱼变成只不过是陈列在超市货架上的商品。

在这个意义上，现代人道德堕落了。

不对，很久以前就已经堕落，只不过没有停止堕落的步伐。人们为了自己的私欲和一点点微不足道的方便，砍伐森林，采尽石油。这般重大的问题不管，却只顾讨论一些像寒暄和礼仪这样的细枝末节的道德问题。非洲还在忍饥挨饿的儿童假如看了日本的道德教科书恐怕很难理解，这样和平的日本不是很令人羡慕吗？

尽管存在各种各样的问题，但按照世界标准来看，不得不说我们已经算是生活得相当幸福美满了。

我觉得要教给小孩的首先是这些。

当下的幸福是以什么样的牺牲为代价都没有思考过，是没有资格谈论道德的。

不仅仅要在吃饭前教孩子说“我开吃啦”，还要向他们展示食物是如何被搬上饭桌的全部过程。

牛啊猪啊是如何被饲养，被宰杀，被加工成肉，最后变成我们的食物的，不只是用嘴巴说，更要让小孩实地去亲眼观看，感受。

之前有一个想要自己养猪来让小孩体验这整个过程的老师。我觉得可行。有人批评说太残忍，其实不对。杀猪如果残忍的话，那人不残忍就无法生存。

我认为以隐瞒事实的方式来培养小孩更加残忍。

知道了事情的真相，孩子的内心会有所感悟。至于说什么样的感悟，可能每个小孩都有所不同。若被问到你为什么要这么做的时候，只要依据自己的想法表达出来就好。

有爱哭的小孩，也有爱读书的小孩，当然就有爱养动物的小孩。

小孩会自己思考。

最佳的道德教育无非就是培养小孩的思考习惯，我觉得。

这个时代比起个人道德，
全人类的道德更加重要。

七

好了，差不多该下结论了。

我认为小孩的道德教育最重要的一件事就是讲真话。

礼貌地跟人打招呼，不乱扔垃圾，善待老人这些都是纯粹的礼节问题，如果非要教给小孩的话，那就坦诚地告诉他们这些都是协调人际关系的技巧。最好不要编造什么打招呼心情好这种拙劣的理由。

打招呼心情会不会好那是个人的问题。

感受到了什么，如何感受是没有标准答案的。不应该强迫给因人而异的事情制定一个标准。被强制的瞬间便成了谎言。这是在道德课堂上最不能干的事。

其实礼节之类的东西与其在课堂上教，不如当小孩犯错的时候，当场责骂、教诲，更能确切地传达给对方。

对在大街上吵闹的小孩，大人可以当面训斥。对电车中有疲倦的老人家站着，自己却佯装不知的小孩，要提醒他让座。

从这个意义上讲，恐怕也应该对爷爷奶奶们进行道德教育。对老年人来说，有教训行为不端的小孩和年轻人的责任。怎么教训为好是需要在老人学校学习的。假如社会上的老年人教育年轻人变得理所当然了，小孩子的礼节自然就会变好。

不过，就像刚才写到的，比起这些礼节问题，有更加重要的必须教给小孩的东西。

真正必要的道德教育是尽可能告诉孩子事实，不要隐瞒人类存在的矛盾和问题。

人与人的相处纵然重要，但对今天的小孩来说，人类与自然，与其他国家的相处方法是一个更加紧迫的问题。

环境破坏的问题说白了就是人类忘记了道德所导致的。人类不断地占用土地，给全球环境带来深重的影响。

国家与国家之间该如何相处如今也变成了一个严正的问题。误以为它是政治问题，和小孩子没有关系是绝对不可以的。把它推给政治家和官员去解决，有朝一日倒大霉的还是孩子们。

老实讲，对我这种余生时日不多的人来说，地球会怎样，日本将来会变成什么样的国家和我没多大关系。反正到死为止，出现什么极端天气，无论如何也会平息，就像现在一样。就算打起仗来，老头子也不用上前线。即使明天地球就撞上陨石世界终结，或者核战争爆发，回想我这一生活得充实有趣，就把这当作一场盛大的烟火表演来观赏好像也并非不可。而且我也正好想见证一下人死之后究竟是个什么样子。

可是，这些对孩子们来说却是灾难。

有学者预测今后会爆发全球性的粮食危机。供养人类的能源并不是取之不竭的。因为地球上的有机物的数量是一定的，只能满足一定数量人口的需求。所以粮食不足的那一天终究是会到来的。

也有说法称这些年虽然全球暖化，但不久的将来地球会进入冰河期。

真正的粮食危机到来的时刻，人类能够运用自己的智慧渡过难关吗？还是说世界会陷入纷争和混乱，就此分崩离析呢？

当下不就正处在紧要关头吗？

将来收拾我们留下的烂摊子的是孩子们。而我们不应该任事态继续发展，袖手旁观。

这个时代比起个人道德，人类整体的道德更加重要。

大人的职责应该是提前把真实的情况告诉小孩，让他们自己去认真思考人类的未来。

我认为这才是当今真正必要的道德教育。

好吧，跟我自己其实没半毛钱关系……

结 语

为什么说“做好事心情好呢”？

这样说的时候的“好事”基本上是指对自己以外的人做的事。为了自己所做的事好像不太能承认是“做好事”。

那么为什么为别人做了“好事”，心情就会好呢？

简单地概括似乎有点难。但一定跟虚荣心、功名心等不纯的动机有关。

非要一言以蔽之的话，我觉得是因为人是群居动物。

马、猴子、大象、企鹅，这些动物都是成群结队生活的。海豚、鲸、蜜蜂、蚂蚁也是如此。人这种动物在几万年前便是依靠群居生活才繁衍了下来。

可能有人会说“没有啊，我不属于任何群体，一直一个人生活”，只能说这样的想法太短见。

打个比方，就拿宅男来说好了。能够宅在家里也需要有水和食物从社会调配而来。这就好像胎儿依靠脐带和母亲相连，宅男也通过这些物资和社会产生联系。即使长期宅在家里，不接触社会独自生活，从属于群体的本质也没有发生改变。

一只蚂蚁无法生存，一个人也一样。

群居动物有着它们独特的行为方式。比如，在猴群当中，有专门担任发现了食肉动物发出警告的职务的猴子。象群里面，成年象会围成一个圈来保护小象。

群居动物为了它们的群体成员，行为方式各自不同。

人类也是如此。

当我们说做“好事”心情好的时候，最根本的原因出自这里。不计较个人的得失，为了他人的利益做出的行为叫作利他行为。尽管学者们之间有许多的争论，但基本的共识是，人这种纤弱的动物之所以存活得如此繁盛，正是因为他们利他行为的发达。

而我的看法是做“好事”心情好是群居生活的人类的本能。

任何事物都有表和里两面。

利他的反义词是利己，人类当然不光有利他心，也同样有利己之心。按照比例来看的话，普通人的利己心恐怕要比利他心更多。应该有不少人是借着为他人着想之名，实际是图利己之便。

另外，做了“好事”，世界也并非一定会变好。对一部分人来说是“好事”，有可能在另外一部分人看来却是“坏事”。在这个时代算是“好事”，时代改变了，或许就成了“坏事”。

这已经在本书中反复被谈到。

要说为什么会出现这种情况，那是因为人类的群体不断地变得越来越大。其他的动物没有出现类似的现象，因为经过几千年群体的规模没有变化，所以应该为群体成员做“好事”也没有发生改变。

而人类的群体伴随着时代的变迁数量越来越庞大。所谓全球化简单讲就是把全世界看作是一个人类群体。现今全球化的视野已经把人类以外的地球上的所有生物都囊括进来了。保护濒危动物的想法就充满了把其他生物看作是“人类伙伴”的意识。

视野扩大了，事物的呈现方式就会随之改变，因此“好事”也会伴随时代而发生变化。

多少年后在寿司店做金枪鱼生鱼片的师傅可能会被当作是大坏人。好坏当然先不论。

“好事”简单地就能变成“坏事”。

那么，“好事”的集大成者——道德的内容如果不随时代改变的话，就太可笑了。

可是，现在的大人却还是想要把自己小时候的那一套陈旧的道德强加给小孩子。他们坚信“好事”是永世不变的。如此，长久以来年长者都是无休止地对年轻人的礼仪、道德观吹毛求疵的一种存在。恨不得在古埃及的金字塔或神殿里都要用象形文字记录下“现在的年轻人不成器啊”之类的话。

假如“好事”真是永恒的，那现在年轻人的礼仪和道德观应该就毫无瑕疵。

但实际上不可能。世界在变化，与人、社会相处的方式多少也会一点一点发生改变。

世界并没有变糟。孩子们的道德观也并没有混乱。其实倒不如说正变得越来越有道德。作为证据，日本10岁至30岁年龄段的年轻人引发的谋杀案件数从20世纪60年代中期以来就逐年递减。不仅仅是谋杀，性犯罪和盗窃也从60年代的高峰值开始逐渐减少。当下的日本年轻人几乎不犯罪，即使在世界范围内也可以说是最高水准的和平的人种。

无论是杀人还是抢劫，五六十岁的大人犯罪的比例反而比较高。现在如此，五六十岁的人年轻的时候也是一样。究竟谁在道德上堕落，看看数字就相当明显。

如果不彻底地实施道德教育，小孩就会学坏的想法只是年长者的错觉。

明明就是错觉，他们还认定它是一件“好事”。所以才要给小孩灌输这种想法。

因为做好事心情会好。

我们才不要听信年长者的这种蠢话呢。

给小孩灌输过时的道德，社会一点也不会变得更好。与其如此，不如培养能够用自己的大脑思考，用自己的心做判断的小孩。

为此，大人首先必须学会用自己的头脑来思考问题。

不能把道德委托给别人。

写这本书就是想说这个。

剩下的就只能靠自己去思考了。

图书在版编目（CIP）数据

真相凶猛 / (日) 北野武著 ; 杨涵译. — 南昌 : 百花洲文艺出版社, 2016.8（2017.3重印）
ISBN 978-7-5500-1882-2

Ⅰ.①真… Ⅱ.①北… ②杨… Ⅲ.①散文集-日本-现代 Ⅳ.①I313.65

中国版本图书馆CIP数据核字（2016）第196304号

江西省版权局著作权合同登记号：14-2016-0206

新しい道徳「いいことをすると気持ちがいい」のはなぜか（北野武著）
ATARASHII DOUTOKU:"II KOTO WO SURU TO KIMOCHI GA II"NOWA NAZEKA

出　版　者 百花洲文艺出版社
社　　　址 南昌市红谷滩新区世贸路898号博能中心1期A座20楼　邮编：330038
电　　　话 0791-86895108（发行热线）　0791-86894790（编辑热线）
网　　　址 http://www.bhzwy.com
E-mail bhzwy0791@163.com

书　　　名 真相凶猛
作　　　者 〔日〕北野武
译　　　者 杨涵
责任编辑 臧丽娟　周振明
经　　　销 全国新华书店
印刷装订 河北鹏润印刷有限公司
开　　　本 880mm×1230mm　1/32
印　　　张 7
字　　　数 160千字
版　　　次 2016年9月第1版
印　　　次 2017年3月第2次印刷
书　　　号 ISBN 978-7-5500-1882-2
定　　　价 36.80元

赣版权登字：05-2016-267